10年 文法不白學

輕食系文法學習書，
打造英文好體質

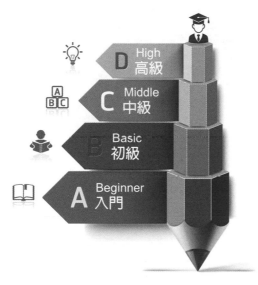

D High 高級

C Middle 中級

B Basic 初級

A Beginner 入門

給大家的話

用什麼方法教，才能讓學生隨心所欲地用英文表達呢？在指導學生時，我一直懷抱著這個想法。我遇過從小學生到成人的各種學生，在看著他們能力成長的過程中，我得到了答案。

我的領悟是，在學習英語時，必須更加重視「語感」才行。雖然單字和文法知識的確很重要，但只憑著這些知識，不代表就能夠自由自在地說英文。

「語感」這個詞，乍看之下感覺很模糊吧。但是，一旦掌握了英語的語感，它就能成為比什麼都要穩固的基礎。我認為，在往後的語言教學中，「語感」將成為幫助學習者說英語的重要關鍵字。

這是一本協助英語初學者培養語感、奠定日後學習基礎的書。簡單易懂的解說，還有培養會話能力的實際練習，是本書主要的特色。

在使用這本書時，有以下幾點建議：

- 對於感覺很難的部分，請不要勉強自己。請先從自己看得懂、能夠運用的部分開始，徹底學會其中的內容，並且逐步進行下去。這才是最快、最好的學習方式。
- 無論如何，請多練習寫英文。然後，也要多練習一邊聽 CD、一邊出聲跟讀。就像是棒球的空揮練習、鋼琴的音階練習一樣，英語學習的重點也是「反覆練習簡單的事情」。

如果因為使用了這本書，讓各位有朝一日能夠自由且直覺地說英語，那就是我最大的榮幸了。

監修　山田暢彥

本書的使用方法

● 每個跨頁（2 頁為一組的版面）就是一次學習的
內容。
　・左頁：解說頁面。
　・右頁：書寫式的練習題，讓讀者能夠確認在
左頁學過的內容，並且加深印象。

● 在完成一個階段的學習時，會有「複習測驗」。

● 隨書附贈的 MP3 光碟中，收錄了「基本練習」
和「複習測驗」中所有句子的英文朗讀檔案。使用 MP3 光碟進行「聽」與「讀」的練
習，對於提升英語基礎能力非常重要。做完練習並且對過答案之後，請記得每次都一定
要聽朗讀檔。

★本書所附的朗讀檔，是以英語的自然速度朗讀的，並沒有特別放慢速度，所以要完全同步跟讀是很困難的。請不
要在意是否能夠念得很順，只要仔細多聽幾次，盡量模仿發音和聲音的強弱（重音位置）、高低（語調變化）就
可以了。

★如果想在MP3檔朗讀完之後做重複朗讀的練習，請按暫停。

★您可以使用具備MP3播放功能的CD播放器聆聽光碟內容，但由於檔案較多，部分機種可能無法正常播放，此時
建議您使用電腦光碟機讀取檔案，即可正常聆聽。

本書特點

・右頁提供豐富的題目，讓讀者有更多練習的機會。
・針對重新學習英語的需求，特別調整了學習項目的順序。
・左頁下方提供以下說明欄位：

➕ 文法用語	雖然正文部分盡量不使用文法用語，但為了讓學習者能夠在讀完本書之後，銜接進階的學習內容（例如高中參考書等），所以在此介紹一般的文法用語。
➕ 細說分明	解說中學英語不會深入學習的部分，以及正文部分省略的延伸內容。
➕ 溫故知新	針對曾經學習過中學英語的人，進行與其他文法項目相關的說明。
➕ 英語會話	介紹英語會話的基本技巧，以及會話中常用的說法。

・特別增收補充內容的「打好基礎，精益求精」單元。

目錄

英文字母的寫法、唸法

● 英文字母共有26個，每個字母都有**大寫字母**及**小寫字母**。

● 參考手寫字型，在右邊各自練習寫2~3次，並且用CD確認每個字母的唸法。

這裡示範的是代表性的字型。手寫字母的形式可能會隨教科書版本而有所不同。

▼印刷體
大寫　小寫
(1) A　a
▼手寫字型（正體字，非草寫）

A   a

大寫   小寫

(2) B b

B   b

(3) C c

C   c

(4) D d

D   d

(5) E e

E   e

(6) F f

F   f

(7) G g

G   g

(8) H h

H   h

(9) I i

I   i

(10) J j

J   j

(11) K k

K   k

(12) L l

L   l

(13) M m

M   m

(14) N n

N   n

(15) O o

O   o

(16) P p

P   p

(17) Q q

Q   q

(18) R r

R   r

(19) S s

S   s

(20) T t

T   t

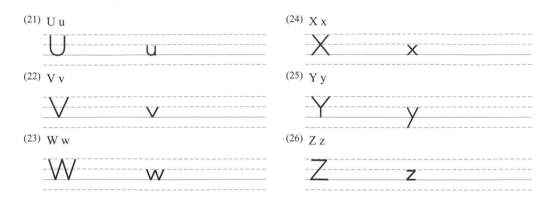

(21) U u

(22) V v

(23) W w

(24) X x

(25) Y y

(26) Z z

單字的寫法

● 在書寫單字時，字母的間隔不宜太寬或太窄。

○ apple　×（▼字母間隔太寬）apple　×（▼字母間隔太窄）apple

● 人名、地名的第一個字母一律大寫。（星期和月份名稱也是一樣→p.299）

美樹　Miki　東京　Tokyo　日本　Japan

英文句子的寫法

● 句首要大寫，句尾要加上句點（.）。
● 單字與單字之間不要緊貼在一起，要留下大小約一個小寫字母的空格。

（▼句首大寫）Good morning.（▲空格）（▲句尾加上句點）

● 疑問句（提出問題的句子）結尾不是加句點，而是加上問號（?）。

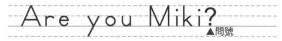

Are you Miki?（▲問號）

● Yes 或 No 之後要加上逗號（,）。
● 表示「我」的 I，就算不是放在句首，也一律使用大寫。

（▼一律大寫）Yes, I am.（▲逗號）

01 「主詞」與「動詞」是什麼？

英語句子的骨幹是**「主詞」**與**「動詞」**。除了極少數的例外,任何英語句子都必須要有「主詞」與「動詞」。

「主詞」就是「我」「你」「小明」等表示句子主角的詞語。

上面的例句中的 play,就是表示「從事運動」的「動詞」。

所謂「動詞」,就像是「走」、「跑」、「說」、「聽」、「喜歡」、「吃」、「學」等等,主要是用來表示「動作」的詞語。

現在暫時還不需要把動詞背起來,只要先知道**英語句子必須要有主詞和動詞**就 OK 了。

請看右頁的英語句子,確認看看哪個詞是主詞、哪個詞是動詞。

➕ 文法用語　「主詞」的英文是 subject,所以經常會用字首的縮寫 S 來表示。動詞是 verb,所以用 V 表示。

基本練習

答案在304頁。
對完答案後，請聽CD跟著唸出英語發音。

mp3
02

主詞與動詞

■ 把主詞用○圈起來。

（例） Ⓘ play tennis. （我打網球。）
　　　 我　 打　　 網球

(1) You run fast. （你跑得很快。）
　　 你　 跑　 快速地

(2) Ming likes baseball. （小明喜歡棒球。）
　　 小明　 喜歡　　 棒球

(3) We speak Chinese. （我們說中文。）
　　 我們　 說　　　 中文

■ 把動詞用○圈起來。

（例） I (play) tennis. （我打網球。）
　　　 我　 打　　 網球

(4) You eat a lot. （你吃很多。）
　　 你　 吃　 很多

(5) I have a bike. （我有一台單車。）
　　 我　 擁有　 單車

(6) We walk to school. （我們走路上學。）
　　 我們　 走路　往…　 學校

(7) I like music. （我喜歡音樂。）
　　 我　 喜歡　 音樂

be動詞（am, are, is）的作用

「be動詞」是什麼？

英語中，除了 run（跑）、play（從事〈運動等〉）等表示「動作」的一般動詞以外，還有 be 動詞這種特別的動詞。

be 動詞就是 am, are, is 等等。（之所以把這三個詞稱為 be 動詞，是因為它們都是從同一個動詞 be 變化而成的。）

be 動詞是具有相當於「**等號**」的連接作用的動詞。

在中文的口語中，有時候也會說「我雅婷啦。」對吧？但在英語裡，就算是在口語中，也不能說 I Judy.（×）。

這是因為英語有「句子裡一定要有動詞」的大原則。所以，「有等號的連接作用」的 be 動詞是不可或缺的。

英語的動詞，有①一般動詞（主要表示「動作」的 run 和 play 等等）和這一課學到的②be動詞（表示「等於」）兩種。

依照傳達訊息的不同，①和②兩種動詞的使用時機也有所不同。

⊕ 文法用語　像例句 I am Judy 中的 Judy 這種在 be 動詞的句子中，和主詞有對等關係的詞彙就稱為「補語」。補語（complement）以 C 這個字母縮寫表示。以＜主詞＋動詞＋補語＞為構造的句子，稱為「SVC 句型」。（→P.212）

基本練習

■ 把 be 動詞用 ○ 圈起來，be 動詞以外的動詞用 □ 圈起來。

　請注意 be 動詞的功能是將前後的詞語以等號連接起來。

（例）I （am） Judy. （我是茱蒂。）

　　　I ｜play｜ tennis. （我打網球。）

(1) I am busy. （我很忙。）
　　　　忙

(2) I speak English. （我說英語。）
　　　　　英語

(3) You are kind. （你很親切。）
　　　　　親切的

(4) Miki is a singer. （美樹是歌手。）
　　　　　　　歌手

(5) My name is Jiahao. （我的名字是家豪。）
　　我的　名字

(6) His house is big. （他的房子很大。）
　　他的　房子　　　大

(7) I watch TV every day. （我每天看電視。）
　　　看　　電視　　每天

(8) Ming is in the kitchen. （小明在廚房裡。）
　　　　　在…裡面　　廚房

(9) I have a brother. （我有一個哥哥／弟弟。）
　　　　　　兄，弟

03 am, are, is 的用法區分①

從這一課開始，我們要學習 be 動詞三種形態（am, are, is）的用法區分。
該使用 am、are 還是 is，是依照句子的**主詞**（表示主角的詞語）決定的。

主詞是 I（我）的時候，be 動詞用 am，而不會說 I is…（×）。

主詞是 you（你）的時候，be 動詞用 are。You is…（×）的說法是錯的。

I 的時候就用 am，you 的時候就用 are。這個規則很簡單吧。

因為 I am 和 you are 是常用的詞組，所以會縮短為 I'm / you're 讓發音更簡單。會話中很常使用這種縮短的形式。

在下一課中，我們將會學習 is 的用法。

➕ 細說分明　you 也有「你們」的意思。要稱讚對方「很棒」的時候，不管對方是一個人還是兩個人，都可以說 You're great!

基本練習

答案在304頁。

對完答案後，請聽CD跟著唸出英語發音。

be 動詞

■ 請翻譯為英文，以 ① 不使用縮寫的形式和 ② 使用縮寫（I'm / you're）的形式寫出兩種句子。

（例） 我是家豪。

　　　① I am Jiahao.

　　　② I'm Jiahao.

(1) 我很忙。　　　　　　　　　　　　　　　　　　　　　　　忙碌：busy

　　① _____

　　② _____

(2) 你很高。　　　　　　　　　　　　　　　　　　　　　　　高：tall

　　① _____

　　② _____

(3) 我 18 歲。　　　　　　　　　　　　　　　　　　　　　18 歲：eighteen

　　① _____

　　② _____

(4) 你遲到了。　　　　　　　　　　　　　　　　　　　　　遲到的：late

　　① _____

　　② _____

(5) 我來自台北。　　　　　　　　　　　　　　　　　來自台北：from Taipei

　　① _____

　　② _____

(6) 我是醫生。　　　　　　　　　　　　　　　　　　　　　醫生：doctor

　　① _____

　　② _____

04 am, are, is 的用法區分②

be 動詞的句子（主詞為單數時）

be 動詞的形態，如果主詞是 I 就用 am，如果主詞是 you 就用 are。
使用 is 的情況，則是在主詞不是 I 也不是 you 的時候。

主詞不是 I 也不是 you，而且只有「一個人」的時候，會用 is。
例如 Ming（小明）、my mother（我媽媽）、he（他）、she（她）…等等，有許許多多的主詞是用 is。除了 I 和 you 以外的主詞，就用 is。

he is 和 she is 的縮寫分別是 he is → he's，she is → she's。

主詞是「一個東西」的時候也用 is。
this（這個）、that（那個）、that house（那間房子）、my cat（我的貓）…等等，用 is 的事物主詞也有很多。

that is 的縮寫是 that's。（請注意 this is 沒有縮寫的形態。）

總而言之，只要主詞是「一個人」或「一個東西」時，用 is 就對了（只有 I 和 you 例外）。

⊕ 細說分明   this 這個字，可以像 This is my book.（這是我的書。）一樣，用一個字表示「這個東西」，也可以像 This house is big.（這間房子很大。）一樣，放在名詞前面，表示「這個…」。that 也是一樣，有「那個東西」和「那個…」兩種意思。

be 動詞

■ 請從 am, are, is 之中選擇適當的形態，填入 ☐ 中。

(1) 小明很高。
Ming ☐ tall.

(2) 那間房子很大。
That house ☐ big.

(3) 我來自高雄。
I ☐ from Kaohsiung.

(4) 你是對的。
You ☐ right.
　　　　　　　對的

(5) 你的照相機是新的。
Your camera ☐ new.
　　　　照相機　　　　　　新的

(6) 我的姊姊是護士。
My sister ☐ a nurse.
　　　姊，妹　　　　　　護士

■ 請翻譯成英語。

(7) 這是我的單車。
　　　　　　　　　　　　　　　　　我的單車：my bike

----

(8) 我媽媽很忙。
　　　　　　　　　　　　　　我媽媽：my mother　忙：busy

----

(9) 她是老師。
　　　　　　　　　　　　　　　　　老師：a teacher

----

(10) 我最愛的顏色是紅色。
　　　　　　　我最愛的：my favorite　顏色：color　紅色：red

----

05 am, are, is 的用法區分③

在上一課，我們學到除了 I 和 you 以外的「一個人」、「一個東西」要用 is。但是，當主詞是兩個人或兩個東西時，就不能用 is。

「一個人」或「一個東西」稱為**單數**，「兩個人／兩個東西」或者更多則稱為**複數**。

在英語裡，單數和複數的區分很重要，必須根據主詞是單數或複數來決定採用哪一種動詞形態。

以 be 動詞而言，當主詞是**複數**時，動詞形態就要用 are。

像「小明與家豪…」這種主詞是複數的情況，就不是用 is，而是用 are，也就是 Ming and Jiahao are...。

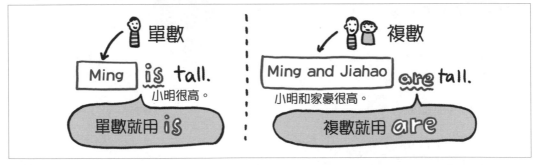

these books（這些書）和 my dogs（我的小狗們）等複數形（字尾有 s 的形態）當主詞時，be 動詞也用 are。在 86 頁會有更詳細的說明。

➕ 細說分明　be 動詞後面除了名詞、形容詞以外，也可以接 at home（在家）、in Keelung（在基隆）或 here（在這裡）等表示場所的詞語。在這種情況下，be 動詞表示「在…」的意思。

be
動
詞

■ 請從 am, are, is 之中選擇適當的形態，填入 ☐ 中。

(1) 小明很高。

　　Ming ☐ tall.

(2) 小明和家豪很高。

　　Ming and Jiahao ☐ tall.

(3) 他來自台北。

　　He ☐ from Taipei.

(4) 他們來自台北。

　　They ☐ from Taipei.

　　他們（表示複數）

(5) 阿偉現在和我在基隆。

　　Wei and I ☐ in Keelung now.

　　　　　　　　　　　現在

(6) 我們現在在基隆。

　　We ☐ in Keelung now.

　我們（表示複數）

■ 請翻譯成英語。

(7) 我們很累。　　　　　　　　　　　　　　　　　　　　　我們：we　累：tired

- -

(8) 我的父母來自高雄。　　　　　　　　我的父母：my parents　來自高雄：from Kaohsiung

- -

(9) 怡君（Yijun）和怡芳（Yifang）在廚房。　　　　　　　　在廚房：in the kitchen

- -

06 am, are, is 的整理

讓我們再次複習目前為止學過的 be 動詞用法。

be 動詞是把主詞（表示主角的詞語）和 be 動詞之後的詞語，以「等於」的概念連接在一起的動詞。

Ming 小明	is =	busy. 忙	（小明很忙。）
		a soccer fan. 足球迷	（小明是足球迷。）
		in the kitchen. 廚房裡	（小明在廚房。）
		from Taipei. 來自台北	（小明來自台北。）

be 動詞有 am, are, is 三種形態。

隨著主詞的不同，am, are , is 的用法區分如下。

	主詞	be 動詞		縮寫
	I	am		I'm ...
	You	are		You're ...
單數	Ming That house He She This That	is	...	—— —— He's ... She's ... —— That's ...
複數	Ming and Jiahao We They	are		—— We're ... They're ...

➕ **英語會話**　I'm... 除了用來介紹自己以外，也經常用來表達自己現在的狀態或所在場所。另外，You're... 也可以用來稱讚對方。雖然 be 動詞句型在剛開始學英文的時候就會學到，因而容易被輕忽，但因為這是在會話中用途廣泛的基本表達方式，所以請確實學會。

基本練習

答案在304頁。
對完答案後,請聽CD跟著唸出英語發音。

be 動詞

■ 請從 am, are, is 之中選擇適當的形態,填入 ⬚ 中。

(1) 淑芬是高中生。

Shufen ⬚ a high school student.
　　　　　　　　高中　　　　學生

(2) 我是足球迷。

I ⬚ a soccer fan.
　　　　　　足球　　迷

(3) 我爸爸在雪梨。

My father ⬚ in Sydney.
　　　　　　　　　　雪梨

(4) 你很會唱歌。

You ⬚ a good singer.
　　　　　　好的　　歌手

(5) 他們來自加拿大。

They ⬚ from Canada.
　　　　　　　　加拿大

■ 請翻譯為英語。

(6) 史密斯先生(Mr. Smith)是英語老師。　　　　英語老師:an English teacher

----

(7) 這台相機是新的。　　　　這台相機:this camera　新的:new

----

(8) 那間房子很舊。　　　　那間房子:that house　舊的:old

----

(9) 他們在家。　　　　在家:at home

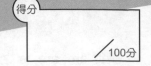

解答在305頁

對完答案後，請聽CD跟著唸出英語發音。

be動詞的一般句子

• •

1 請選擇（ 　　　 ）中適當的答案，用〇圈起來。　　　　【各 4 分，共 20 分】

(1) （ She / She's ） is a kind teacher. （她是個親切的老師。）

(2) （ You / You're ） late. （你遲到了。）

(3) We （ am / are / is ） busy. （我們很忙。）

(4) Your bag （ am / are / is ） on the desk. （你的包包在桌子上。）

(5) Emily and Bob （ am / are / is ） in the living room.
（艾蜜莉和鮑伯在客廳。）

2 將以下中文翻譯成英文。　　　　　　　　　　　　　　【各 8 分，共 40 分】

(1) 這是他的相機。

　　　　　　　　　　　　　　　　　　　　　　　　　　　他的相機：his camera

(2) 那是我的單車。

　　　　　　　　　　　　　　　　　　　　　　　　　　　我的單車：my bike

(3) 他們來自澳洲。

　　　　　　　　　　　　　　　　　　　　　他們：they　澳洲：Australia

(4) 她的房子很大。

　　　　　　　　　　　　　　　　　　　　　她的房子：her house　大的：big

(5) 我的同學們非常親切。

　　　　　　　　　　我的同學們：my classmates　非常：very　親切的：nice

3 請想像自己是下面這個人，並且將 (1)~(4) 的內容翻譯成英文。【各 10 分，共 40 分】

Hi.　I'm Sayaka.
(1)　我來自東京 (Tokyo)。
(2)　我 19 歲
(3)　我是大學生。
(4)　我媽媽是英語老師。

(1) _____

(2) _____

19歲：nineteen

(3) _____

大學生：a college student

(4) _____

我媽媽：my mother　英語老師：an English teacher

自我介紹時常用的表達方式

●出生地
「我來自…」是用 I'm from... 表達（from 的意思是「從…，來自…的」）。請注意地名或國名的第一個字母要大寫。
　　・I'm from Taiwan.（我來自台灣。）
　　・I'm from Hualien.（我來自花蓮。）

●年齡
「我今年…歲。」只要用 I'm 後面加上年齡數字的表達方式就可以了（數字的說法→p.298）。有時候會在年齡數字後面加上 years old（歲）。
　　・I'm eighteen. / I'm eighteen years old.（我 18 歲。）

●職業
職業也可以用 I'm... 來表達。
　　・I'm a high school student.（我是高中生。）
　　・I'm a nurse.（我是護士。）　・I'm a homemaker.（我是家庭主婦。）
要表達「我在…（公司）工作」時，會使用一般動詞 work。
　　・I work for a car company.（我在汽車公司工作。）

進階學習

07 各式各樣的動詞

英語的動詞，分為「be 動詞」與「除此之外的動詞」兩種。接下來，我們就要學習 be 動詞以外的動詞。

be 動詞以外所有的動詞，稱為「**一般動詞**」。（意思是不屬於 be 動詞的「普通動詞」。）

> ☝ 「一般動詞」有很多
>
> - **play**（從事〈運動等〉）• **Study**（學習）
> - **like**（喜歡）
> - **have**（擁有）　• **watch**（看〈電視等〉）
> 　　　　　　　　　　…等等

在使用這些動詞時，必須注意字詞的順序。英語基本上是依照「誰／什麼（主詞）」→「做什麼（動詞）」→「對象是什麼」的順序組成句子的。

一般動詞的句子常見的錯誤，是把「我喜歡音樂」說成 I am like music.（✗）。雖然英語的句子裡必須要有動詞，但只要**有一個動詞就好了**。如果要使用動詞（一般動詞）like 的話，就不需要 am 這個動詞（be 動詞）了。

➕ 文法用語　像是 I play soccer. 中的 soccer 一樣，接在動詞後面表示動作對象的詞語，稱為「動詞的受詞」。受詞（object）以縮寫 O 表示，所以〈主詞＋動詞＋受詞〉的句型結構就稱為「SVO 句型」。（→p.212）

基本練習

■ 在 □ 內填入適當的動詞。

(1) 我踢足球。

　I □ soccer.

(2) 我有一台相機在包包裡。

　I □ a camera in my bag.
　　　　　　　　　　包包

(3) 我喜歡籃球。

　I □ basketball.
　　　　　　　籃球

(4) 我每天看電視。

　I □ TV every day.

■ 請翻譯為英語。

(5) 我喜歡音樂。　　　　　　　　　　　　　　　　　　　音樂：music

----

(6) 我彈吉他。　　　　「彈」和「從事（運動等）」是使用同一個動詞。　吉他：the guitar

----

(7) 我每天學習英語。　　　　　　　　　　　　　　　　　英語：English

------------------------------------- every day.

(8) 我說中文。　　　　　　　　　　　説：speak　中文：Chinese

----

(9) 我有很多 CD。　　　　　　　　　　　很多 CD：a lot of CDs

----

(10) 我有一隻貓。　　　用「擁有」的動詞表示「飼養」的意思。　一隻貓：a cat

一般動詞

08 「第三人稱」是什麼？

主詞的「人稱」思考方式

英語學得深入一點以後，就會看到「第三人稱的主詞」這種說明。雖然我們平常生活中很少用到這種術語，但在學習英語等外國語言時，必須具備相關的思考方式，所以在此簡單說明。

「人稱」有「第一人稱」「第二人稱」「第三人稱」等三種。
（這裡所說的「一、二、三」和人數無關。請把它們想成加上編號①②③的說法就好。）

稱呼自己的用語，也就是 I，稱為**「第一人稱」**。（we（我們）也是第一人稱→p.38）

稱呼對方的用語，也就是 you（你／你們），稱為**「第二人稱」**。

稱呼「自己」和「對方」以外的用語，稱為**「第三人稱」**。
he（他）、she（她）、Ken（肯）等等都是第三人稱。

因為除了自己（I）和對方（you）以外的都是第三人稱，所以不止是人，物品或動物也都是第三人稱。

自己（I）和
對方（You）以外
都是
第三人稱

my cat 我的貓
this book 這本書
that house 那間房子
my father 我爸爸

➕ 細說分明　第一人稱、第二人稱、第三人稱都有「單數」和「複數」。第一人稱單數是 I（我），第一人稱複數是 we（我們）。第二人稱的單數（你）和複數（你們）都是 you。

答案在305頁。
對完答案後，請聽CD跟著唸出英語發音。

■ 主詞（畫底線的部分）如果是第三人稱的話，請在（　　）裡打○。

(1) Ms. Brown is a teacher.　　　　　　　　（　　）

（布朗小姐是個老師。）

(2) I like baseball.　　　　　　　　　　　（　　）

（我喜歡棒球。）

(3) My father is busy.　　　　　　　　　　（　　）

（我爸爸很忙。）

(4) You are tall.　　　　　　　　　　　　（　　）

（你很高。）

(5) This is my notebook.　　　　　　　　　（　　）
　　　　　　筆記本

（這是我的筆記本。）

(6) My dog is in the yard.　　　　　　　　（　　）
　　　　　　　　院子

（我的狗在院子裡。）

(7) She is from Australia.　　　　　　　　（　　）

（她來自澳洲。）

(8) That house is big.　　　　　　　　　　（　　）

（那間房子很大。）

(9) Your English is very good.　　　　　　（　　）

（你的英語很好。）

一般動詞

動詞形態的用法區分①

英語的動詞會隨著主詞不同而變化形態。以 be 動詞的情況來說，有 am, are, is 三種形態對吧。那一般動詞又是如何呢？

當主詞是 I 或 you 的時候，一般動詞的形態不會有任何變化。也就是說，會使用原本的形態。

I play the guitar.

You play the guitar.

主詞是 I 或 You 的話，用動詞原來的形態就 OK！

簡單簡單

不過，當主詞不是 I（第一人稱）也不是 you（第二人稱），也就是**第三人稱**時，動詞要加上 s。（但複數主詞是例外。→p.32）

例如「他彈吉他。」的表達方式是 He plays the guitar.，而不是 He play the guitar.（×）。

主詞是 I, You 以外的詞時，動詞要加 S！（但複數是例外）

除了自己和對方以外的都是第三人稱

My father plays ～.

小明 → Ming plays the guitar.

他 → He plays the guitar.

唯～

如上所述，一般動詞有「原形」和「加上 s 的形態」兩種用法。

「我」、「你」以外的單數主詞，稱為第三人稱單數主詞，而動詞加上 s 的用法就稱為「**三單現**（第三人稱**單**數**現**在式）」。

➕ 細說分明　「三單現」的 s 基本上發音是 [z]，但如果 s 前面的發音（動詞原形詞尾的發音）是 [p] [k] [f] [t] 的話，s 的發音就是 [s]。字尾加 es 而不是 s 的時候（p.30），es 發音為 [ɪz]。

基本練習

答案在305頁。
對完答案後，請聽CD跟著唸出英語發音。

mp3 11

■ 選擇適當的動詞填入 □ 中，如果必要的話請改變動詞的形態。同一個動詞
　用兩次以上也沒關係。

一般動詞

> like　　play　　come　　live　　speak　　walk　　want

(1) 我打網球。我媽媽也打網球。

　　 I ☐ tennis.　My mother ☐ tennis, too.
　　　　　　　　　　　　　　　　　　　　　　　　　　也

(2) 我彈鋼琴。林先生彈吉他。

　　 I ☐ the piano.　Mr. Lin ☐ the guitar.
　　　　　　　鋼琴

(3) 我喜歡貓。小明喜歡狗。

　　 I ☐ cats.　Ming ☐ dogs.
　　　　　　 貓　　　　　　　　　　　狗

(4) 我住在台北。我哥哥住在高雄。

　　 I ☐ in Taipei.　My brother ☐ in Kaohsiung.
　　　　　　　　　　　　　　　　兄，弟

(5) 家豪每天走路到學校（走路上學）。

　　 Jiahao ☐ to school every day.

(6) 我爸爸晚上 8 點回家。

　　 My father ☐ home at eight.
　　　　　　　　　　　　 到家

(7) 他說日語。

　　 He ☐ Japanese.
　　　　　　　 日語

(8) 她想要一支手機。

　　 She ☐ a cell phone.
　　　　　　　　 手機

10 容易犯錯的「三單現」

主詞是第三人稱單數時，動詞後面要加上「第三人稱單數現在式的 s」對吧。

大部分的動詞只要直接加上 s 就好，例如 come → comes、like → likes。但是，也有少數例外的動詞。

have（擁有）的三單現是特殊變化形 has，而不是 haves（×），請特別注意。

> ① 會變成特殊形的動詞
>
> have（擁有）➡ has
> 三單現

go（去）不是加 s，而是加 es，變成 goes。

teach（教）、watch（看）、wash（洗）也不是加 s，而是加 es。

> ② 加 es 的動詞
> 三單現
> go（去）➡ goes
> teach（教）➡ teaches
> watch（看電視等）➡ watches
> wash（洗）➡ washes

study（學習）是把最後的 y 變成 i，並且加 es，變成 studies。

> ③ y→ies 的動詞
> 三單現
> study（學習）➡ studies

➕ 細說分明　嚴格來說，三單現變化的規則是動詞字尾為「o, s, x, ch, sh」時加 es，字尾為「a, e, i, o, u 以外的字母＋y」時則把 y 改為 i 並且加 es。除了上面所舉的例子以外，還有 do→does, pass→passes, catch→catches, carry→carries, try→tries 等等。

答案在305頁。
對完答案後，請聽CD跟著唸出英語發音。

mp3
12

■ 選擇適當的動詞填入 ☐ 中，如果必要的話請改變動詞的形態。同一個動詞
用兩次以上也沒關係。

一般動詞

┌───┐
│ study   teach   play   watch   wash   have   go │
└───┘

(1) 我有一隻貓。小明有一隻狗。

I [   ] a cat.   Ming [   ] a dog.

用動詞「擁有」表示「飼養」的意思。

(2) 我有一個哥哥。雅婷有一個姊姊。

I [   ] a brother.   Yating [   ] a sister.

姊，妹

「有（哥哥、姊姊）」也是用「擁有」這個動詞表達。

(3) 王老師教音樂。

Ms. Wang [   ] music.

(4) 她每天看電視。

She [   ] TV every day.

(5) 佩玲努力學英文。

Peiling [   ] English hard.

努力地

(6) 小明打籃球。

Ming [   ] basketball.

(7) 他每天去圖書館。

He [   ] to the library every day.

圖書館

(8) 我爸爸每個禮拜天洗車。

My father [   ] his car on Sundays.

他的　車　每個禮拜天

11 動詞形態的用法區分②

前面已經學過，一般動詞隨著主詞不同，而有兩種形態。主詞是 I 或 you 時，用「原本的形態」，其他的單數主詞（第三人稱單數）則是用「加 s 的形態」。

那麼，如果主詞是兩個人，也就是複數的時候，例如 Ming and Jiahao（小明與家豪），動詞該用什麼形態呢？

主詞是複數的時候，動詞使用不加 s 的「原形」。

如上所述，一般動詞只有在主詞是第三人稱單數的時候，才會用「加 s 的形態」，其他情況就用「原形」。請確實記住這個區別。

➕ 細說分明　除了 Ming and Jiahao 這種 A and B 的形式以外，以下詞語也是複數：cats（貓）或 these books（這些書）等名詞的複數形（→p.86）、代名詞 we（我們）、they（他們、她們、它們）、you（你們）。

基本練習

答案在305頁。
對完答案後，請聽CD跟著唸出英語發音。

■ 將動詞 play 填入 ⬚，必要時請改變動詞形態。

(1) I ⬚ the guitar.

(2) Ming ⬚ the guitar.

(3) Ming and Jiahao ⬚ the guitar.

(4) You ⬚ the guitar.

(5) We ⬚ the guitar.
　　我們（複數）

■ 選擇適當的動詞填入 ⬚，必要時請改變動詞形態。

> live　　study　　speak　　like　　go

(6) 怡君每天學習英語。

Yijun ⬚ English every day.

(7) 麥克和克里斯住在紐約。

Mike and Chris ⬚ in New York.
　　　　　　　　　　　　　　紐約

(8) 肯和妹妹一起上學。

Ken and his sister ⬚ to school together.
　　　　　　　　　　　　　　　　　　　　一起

(9) 他們說英語。

They ⬚ English.
他們（複數）

(10) 貓喜歡魚。

Cats ⬚ fish.
貓（複數）

12 動詞形態的整理

一般動詞配合主詞產生的變化（整理）

be 動詞以外的動詞都稱為「一般動詞」。一般動詞有很多，這裡讓我們再次確認一些基本的一般動詞。

基本的一般動詞

- □ play（從事〈運動或遊戲〉、演奏〈樂器〉）
- □ like（喜歡）　　　　　　　□ have（擁有）
- □ go（去）　　　　　　　　　□ come（來）
- □ watch（看〈電視等〉）　　□ speak（說）
- □ study（學習）　　　　　　□ teach（教）
- □ live（住）　　　　　　　　□ want（想要）
- □ walk（走）　　　　　　　　□ wash（洗）

---

be 動詞隨著主詞的不同，而有 am, are, is 三種形態。

一般動詞隨著主詞的不同，而有「原形（不加 s 的形態）」和「加 s 的形態（第三人稱單數現在式）」兩種。

主詞	動詞形態	
I（第一人稱）	play	
You（第二人稱）	play	
Ming / My father / He / She 等第三人稱單數	plays	...
Ming and Jiahao / We / They 等複數	play	

由上表可知，只有當主詞是 I 或 You 以外的單數（第三人稱單數）時，動詞才會用「加 s 的形態」。請注意 have 的第三人稱單數現在式是 has。

主詞是 I、you 或複數的時候，動詞只要用原來的形態就好。

➕ 溫故知新　一般動詞現在式必須加 s 的情況，是「I 和 you 以外所有單數（一個人、一個東西）」當主詞的時候。這些主詞就是在 be 動詞句型中要用 is 的主詞。

基本練習

一般動詞

■ 請在 ☐ 填入適當的動詞。別忘了在必要時加上 s。

(1) 我住在宜蘭。

I ☐ in Yilan.

(2) 我媽媽喜歡狗。

My mother ☐ dogs.

(3) 他們說日語。

They ☐ Japanese.

(4) 我想要一台新的單車。

I ☐ a new bike.

(5) 怡君和怡芳每天打網球。

Yijun and Yifang ☐ tennis every day.

(6) 我哥哥有一台車。

My brother ☐ a car.

(7) 我和家豪一起上學。

I ☐ to school with Jiahao.
　　　　　　　　　　和…一起

(8) 她在晚餐之後看電視。

She ☐ TV after dinner.
　　　　　　　　在…之後　晚餐

(9) 王老師搭公車來學校。

Mr. Wang ☐ to school by bus.
　　　　　　　　　　用… 公車

(10) 他們很努力學日語。

They ☐ Japanese very hard.
　　　　　　　　　很　努力地

解答在305頁

對完答案後，請聽CD跟著唸出英語發音。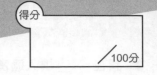

一般動詞的一般句子

1 請選擇（　　）中適當的答案，用○圈起來。　　　【各4分，共20分】

(1) Emily （ is like / like / likes ） soccer.
（艾蜜莉喜歡足球。）

(2) You （are speak / speak / speaks） good English, Liping.
（麗萍，你說英語說得很好。）

(3) Yijun and Yifang （ is go / go / goes ） to school together.
（怡君和怡芳一起上學。）

(4) We （ are live / live / lives ） in Taipei.
（我們住在台北。）

(5) Yating （ is wash / wash / washes ） her hair every morning.
（雅婷每天早上洗頭髮。）　　　　　頭髮　　　每天早上

2 從右欄選出適當的動詞填入 □，必要時請改變動詞形態。　　【各5分，共20分】

(1) 阿偉努力學英語。
Wei □ English hard.

(2) 陳老師教理科。
Ms. Chen □ science.

(3) 我每天練習吉他。
I □ the guitar every day.

(4) 我爸爸 7 點回家。
My father □ home at seven.

come

teach

practice

study

3 將以下中文翻譯成英文。

【各 10 分，共 60 分】

(1) 我喜歡籃球。

籃球：basketball

----

(2) 雅婷（Yating）彈鋼琴。

鋼琴：the piano

----

(3) 我的姊姊有一台相機。

我的姊姊：my sister　　一台相機：a camera

----

(4) 我晚餐後看電視。

after dinner.

----

(5) 史密斯老師（Ms. Smith）說中文。

中文：Chinese

----

(6) 阿偉（Wei）每天走路到學校（走路上學）。

到學校：to school

every day.

----

have 的各種意義

have 是最常用的一般動詞之一，它有各種意思。

◆「擁有…」（have 最基本的意思）
　・I have a camera in my bag. （我有一台相機在包包裡。）

◆「有（兄弟姐妹）」
　・She has a sister. （她有一個姊姊／妹妹。）

◆「飼養（動物）」
　・I have a cat. （我有一隻貓。）

◆「吃，用餐」
　・I have rice for breakfast. （我早餐吃飯。）

◆「有（行程等）」
　　・We have English class today. （我們今天有英語課。）

進階學習

13 代名詞（主格）
「他」、「我們」等等

「小明」、「雅婷」、「哥哥」、「老師」、「書」、「蘋果」、「花」、「貓」⋯等等表示人或物的名稱的詞語，稱為「**名詞**」。

至於「**代名詞**」，就是**代替**這些具體**名詞**的詞語。例如 he（他）、she（她）就是代名詞。

使用代名詞，可以避免一再重覆同樣的詞語，非常方便。

要指稱談話中曾經提到的人或物時，通常會使用代名詞。

首先，讓我們看看在句中當**主詞**的下列代名詞。

指稱近處物品的 this（這個東西）、指稱遠處物品的 that（那個東西）也是代名詞。除了表示物品之外，在介紹人物的時候也會用到。

要表示複數的時候，會把 this/that 改成 these（這些東西）/those（那些東西）。

➕ **文法用語**　I, you, he, she, it, we, they 這七個稱為「人稱代名詞」，當句子的主詞時稱為「主格」（其他還有「所有格（→p.40）」和「受格（→p.96）」）。this, that, these, those 因為用來直接指出物品，所以稱為「指示代名詞」。

■ 在 ☐ 填入適當的代名詞。

(1) 我們是同一班的。

☐ are in the same class.
相同的　班級

(2) 這是我的相機。它是新的。

This is my camera. ☐ is new.
↑代表 my camera

(3) 我媽媽喜歡音樂。她彈鋼琴。

My mother likes music. ☐ plays the piano.
↑代表 my mother

(4) 小美和雅婷是朋友。她們是同一班的。

Mei and Yating are friends. ☐ are in the same class.
朋友　　　↑代表 Mei and Yating

(5) 布朗先生是英語老師。他來自加拿大。

Mr. Brown is an English teacher. ☐ is from Canada.
↑代表 Mr. Brown

(6) 我有一隻狗和一隻貓。牠們很可愛。

I have a dog and a cat. ☐ are very cute.
↑代表 a dog and a cat　很　可愛的

■ 選擇（　　）中適當的代名詞，填入 ☐ 中。

(7) （介紹身旁的朋友）這是我的朋友雅婷。

☐ is my friend Yating. （ this / that / these / those ）

(8) （指著遠方的建築物）那是我家。

☐ is my house. （ this / that / these / those ）

(9) （指著眼前的鞋子）這是比爾的鞋子。

☐ are Bill's shoes. （ this / that / these / those ）
鞋子 ↑鞋子是兩隻成一雙，所以通常用複數形。

代名詞的基礎

14 「他的」、「我們的」等等

代名詞（所有格）

「你的名字」用英文來說就是 <u>your</u> name。這個 your 是代名詞 you 的變化形。

英語就是像這樣改變代名詞的形態，表示「某人的…」的意思。

請注意這些詞只能用在**名詞前面**。

另外，使用這些詞的時候，名詞不能加 a 或 the。

想要具體說出人名，而不使用代名詞，例如「小明的單車」的時候，只要在人名後面加上 's 就可以了。

Ming's bike
小明的　　　單車

my father's car
我的　　爸爸的　　　車

➕ 文法用語　表示「某人的…」的形態稱為「所有格」，用在名詞前面。另外，雖然比較少用，但 it（它）也有所有格 its（它的）。跟 it's（it is 的縮寫）不同之處，在於沒有撇號。

基本練習

■ 在 ☐ 填入適當形態的代名詞。

(1) 我最喜歡的科目是理科。

☐ favorite subject is science.
　　最喜歡的　　科目　　　　理科

(2) 我們的理科老師是林老師。

☐ science teacher is Mr. Lin.

(3) 你的英文很好。

☐ English is very good.

(4) 我哥哥打網球。這是他的球拍。

My brother plays tennis.　This is ☐ racket.
　　　　　　　　　　　　　　　　　　　　球拍

(5) 他們是足球隊的。他們的隊伍很強。

They're on the soccer team. ☐ team is strong.
　　　　　　　隊伍　　　　　　　　　　　　強的

(6) 米勒小姐說日語。她媽媽是日本人。

Ms. Miller speaks Japanese. ☐ mother is
Japanese.　　　　　　　　日語
日本人(的)

(7) 淑芬和佩玲是姊妹。她們的爸爸是醫生。

Shufen and Peiling are sisters. ☐ father is a doctor.
　　　　　　　　　　　　　　　　　　　　　　　　醫生

(8) 露西（Lucy）的哥哥喜歡棒球。他最喜歡的隊伍是洋基隊。

☐ brother likes baseball. ☐ favorite team is the
Yankees.　　　　　　　　棒球
洋基隊

代名詞的基礎

15 增添資訊的字詞①

「蘋果」、「貓」、「花」、「書」、「車」、「朋友」…等等表示物或人的詞語，稱為「名詞」。

在「大的蘋果」、「白色的貓」、「美麗的花」、「有趣的書」、「新的車」、「好的朋友」裡，為名詞增添資訊的詞語，稱為**「形容詞」**。

名詞加上形容詞時，要把形容詞緊接在名詞之前。

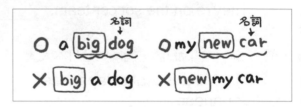

形容詞並不是只能用在名詞前面而已。它也能用在 be 動詞（am, are, is）後面。

因為「英語的句子一定要有動詞」，所以不能說 This book interesting.（✕）。別忘了要加上以「等於」的概念連接詞語的 be 動詞。

➕ **文法用語** a big dog 這種修飾後方名詞的用法，稱為形容詞的「限定用法」。而像 This dog is big 這樣放在 be 動詞後面，說明主詞的用法，稱為形容詞的「敘述用法」。

基本練習

答案在305頁。
對完答案後，請聽CD跟著唸出英語發音。

■ 將（　）　中的單字重組，完成英文句子。

(1) 她有一隻大狗。 （ dog / has / a / big ）
大的
She _____.

(2) 我想要新的照相機。 （ a / camera / want / new ）
新的
I _____.

(3) 這本書很有趣。 （ is / book / interesting ）
有趣的
This _____.

(4) 他住在一間小房子裡。 （ house / a / small ）
小的
He lives in _____.

(5) 這個問題很簡單。 （ question / is / easy ）
簡單的
This _____.

(6) 我有個好點子。 （ a / have / idea / good ）
好的
I _____.

(7) 她是高個子的女生。 （ a / girl / is / tall ）
高的
She _____.

(8) 我爸爸有一部舊車。 （ an / has / car / old ）
舊的
My father _____.

(9) 這是她的新單車。 （ new / is / her / bike ）
單車
This _____.

修飾的基礎
（形容詞等）

16 副詞 增添資訊的字詞②

「我很忙」的英文是 I'm busy。

如果想要更詳細地表達「我<u>現在</u>很忙」、「我<u>今天</u>很忙」的話，只要把 now（現在）或 today（今天）加在句尾就行了。

像這樣為句子增添意義的詞語，稱為「副詞」。副詞能夠增加時間、地點、狀態等各種資訊。

請注意以下表示「總是」、「有時」等等的四個副詞，通常不是放在句尾，而是放在一般動詞前面。

➕ 細說分明　修飾名詞的是形容詞，而修飾名詞以外的詞語（動詞或形容詞等）的，則統稱為副詞。always 等等表示頻率的副詞，雖然在一般動詞的句子中通常放在動詞前面，但在 be 動詞的句子中通常放在 be 動詞後面。

■ 運用下欄的單字，為句子加上（　　）中的資訊。

> now　　often　　usually　　here　　hard
> well　　sometimes　　every day

（例）　I'm busy. （＋現在）

　　　I'm busy now.

(1)　Ming plays the piano. （＋彈得好）

_____

(2)　I walk to school. （＋通常）

_____

(3)　Yating studies English. （＋努力）

_____

(4)　I watch TV. （＋每天）

_____

(5)　Mr. Wang goes to Taipei. （＋經常）

_____

(6)　We play soccer. （＋在這裡）

_____

(7)　I go to the library. （＋有時）

_____

修飾的基礎
（形容詞等）

增添資訊的字詞③

在上一課，我們已經學過 I play badminton here.（我在這裡打羽毛球。）這種增添資訊的說法。

如果把上述句子裡的 here 換成 in the park 的話，就表示「在公園」的意思。像 in 一樣**置於名詞之前**（在這裡是 the park）的詞語，稱為「介系詞」。使用介系詞，就能增加各種的資訊。

記住基本的介系詞，就能夠大幅拓展表達的範圍。

➕ 細說分明　on 不一定是表示高度較高的「上面」。它是表示接觸狀態的介系詞，所以也有 a picture on the wall（牆壁上的畫）這種用法。關於各種介系詞的用法，請參照 p.136。

■ 在 ☐ 中填入適當的介系詞。

(1) 我叔叔住在花蓮。

My uncle lives ☐ Hualien.
　　　　叔叔

(2) 你的書在桌上。

Your book is ☐ the table.
　　　　　　　　　　　　桌子

(3) 這輛公車開往松山車站。

This bus goes ☐ Songshan Station.
　　　公車　　　　　　　　　　　　　車站

(4) 我在早餐前洗臉。

I wash my face ☐ breakfast.
　洗　　　臉　　　　　　早餐

■ 請為以下英文句子增添（　　）中的資訊，並改寫句子。

(5) I go to school. （＋和我哥哥）　　　　　　　　　　　　我哥哥：my brother

_____

(6) He comes here. （＋在十點）

_____

(7) I have a camera. （＋在我的包包裡）　　　　　　　　　包包：bag

_____

(8) We play soccer. （＋放學後）　　　　　　　　把「放學後」想成「學校之後」。

_____

(9) She teaches English. （＋在日本）　　　　　　　日本：Japan

_____

修飾的基礎
（形容詞等）

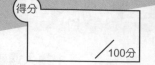

得分

/100分

解答在306頁

對完答案後，請聽CD跟著唸出英語發音。

mp3 21

代名詞（主格、所有格）、形容詞、副詞等

1 請選擇（　）中適當的答案，用○圈起來。 【各4分，共20分】

(1) Ms. Smith lives（ in / on / to ）New York.
（史密斯小姐住在紐約。）

(2) My mother watches TV（ before / after / from ）lunch.
（我媽媽午餐後看電視。）

(3) She plays the guitar（ well / good / hard ）.
（她彈吉他彈得很好。）

(4) My brother（ well / very / often ）goes to the library.
（我哥哥經常去圖書館。）

(5) This is（ your / our / my ）English teacher.
（這是我們的英語老師。）

2 重新排列（　）中的單字，並且完成句子。 【各5分，共20分】

(1) Mr. Wang（ red / a / car / has ）.
　　　　　　　紅色的
Mr. Wang _____.

(2) This（ interesting / is / book ）.
This _____.

(3) That（ boy / Ming / tall / is ）.　　把句子重組為「那個高個子的男生是小明。」
That _____.

(4) She（ every / here / day / comes ）.
She _____.

3 請將以下句子翻譯成英文。

【各 10 分，共 60 分】

(1) 我們放學後打網球。

---

(2) 這是我們的新房子。

房子：house

(3) 他的問題很簡單。

問題：question

(4) 他們的學校非常小。

非常：very

(5) 她在自己的房間裡有一台電腦。

一台電腦．a computer　房間：room

(6) 我通常和小美（Mei）一起上學。

各種形容詞

good（好的）⇔ bad（壞的）　　　big, large（大的）⇔ small（小的）
new（新的）⇔ old（舊的）　　　young（年輕的）⇔ old（年長的）
high（高的）⇔ low（低的）　　　long（長的）⇔ short（短的）
happy（快樂的）⇔ sad（悲傷的）　easy（簡單的）⇔ difficult, hard（困難的）
same（相同的）⇔ different（不同的）busy（忙碌的）⇔ free（空閒的）
warm（暖的）⇔ cool（涼的）　　　hot（熱的）⇔ cold（冷的）
white（白的）⇔ black（黑的）　　right（對的）⇔ wrong（錯的）
light（亮的）⇔ dark（暗的）　　　light（輕的）⇔ heavy（重的）

進階學習

英語的詞性

詞性	例子	作用
名詞	cat（貓） water（水） music（音樂） Japan（日本） Tom（湯姆） 等等	表示人或物品的名稱。 其中，有可以數算的名詞（可數名詞）和不能數算的名詞（不可數名詞）。（→ p.100）地名如 Japan、人名如 Tom 等等，都稱為專有名詞。
代名詞	he（他） she（她） it（它） this（這個東西） something（某個東西） 等等	代替名詞的詞語。 I, you, he, she, it, we, they 這七個稱為人稱代名詞，有 he – his – him 之類的變化形（→ p.38, 40, 96）。 this（這個東西）和 that（那個東西）稱為指示代名詞，mine（我的東西）和 yours（你的東西）稱為所有格代名詞。
動詞	am, is, are go（去） run（跑） like（喜歡） have（擁有） 等等	表示做什麼，或者「是…」等動作或狀態的詞語。分為 be 動詞和一般動詞，並且有及物動詞和不及物動詞等種類（→ p.213）。是構成英語句型結構的重要詞性。 I play tennis.（我打網球。）
助動詞	will（將會…） can（能…） may（可以…） should（應該…） 等等	為動詞加上各種意義的詞。主要表示說話者的判斷。（→ p.170） I can play the piano. （我能彈鋼琴。）

形容詞	good（好的） big（大的） happy（快樂的） new（新的） all（所有的） 等等	表示人或物的樣子或狀態的詞語，修飾名詞。（→ p.42） This is a <u>new</u> book. （這是一本新書。） This book is <u>new</u>. （這本書是新的。）
副詞	now（現在） here（這裡） well（很好地） always（總是） 等等	修飾名詞、代名詞以外的詞語。主要是修飾動詞或形容詞。（→ p.44） He runs <u>fast</u>. （他跑得很快。）
介系詞	in（…裡面） to（往…） with（和…一起） before（…之前） 等等	放在名詞或代名詞前面的詞語。 〈介系詞＋名詞〉可以表示時間、地點、方向、方式等等。（→ p.136） <u>at</u> nine（在九點） <u>to</u> the station（往車站）
連接詞	and（和…，而且） but（但是） when（當…時） 等等	用來連接單字與單字，或者詞組與詞組的詞。（→ p.192） Ming <u>and</u> Jiahao（小明和家豪）
冠詞	a, an, the	置於名詞之前。a 和 an 稱為「不定冠詞」，the 稱為「定冠詞」。（→ p.101）
感嘆詞	oh, hi, wow 等等	表示驚訝、開心等情感，或者用來呼喚別人並引起注意的詞。在句子中是獨立的。

18 形成否定句的方法①

「我<u>不</u>餓。」、「我<u>不</u>看電視。」等表示否定意義的句子，稱為**「否定句」**。

在英語中，be 動詞句型和一般動詞句型形成否定句的方式，有很大的不同。在這一課，我們要看的是 be 動詞的句子。

在 be 動詞的句子裡，只要在 be 動詞後面加上表示「不…」的 not，就會成為否定句。

也可以用縮寫，說 I'm not hungry. / She's not a teacher.。

另外，也有 is not → isn't、are not → aren't 的縮寫形式，所以上面右邊的句子也可以說成 She isn't a teacher.。

不過，am not 沒有縮寫的形態，所以請注意不能說 I amn't hungry.（✗）。

➕ 文法用語 相對於否定句而言，非否定的句子稱為「肯定句」。另外，相對於疑問句而言，非疑問（而且也不是祈使或感嘆句）的句子稱為「敘述句」。

基本練習

答案在306頁。
對完答案後，請聽CD跟著唸出英語發音。

mp3
22

■ 請改寫為否定句。

（例） She is a teacher.

→ She isn't a teacher.

(1) This is my bike.

(2) I'm a good singer.   good singer：好歌手，很會唱歌的人

(3) My brother is a baseball fan.   a baseball fan：棒球迷

(4) Aiko is a high school student.   a high school student：高中生

■ 請翻譯成英文。

(5) 我不餓。   餓的：hungry

(6) 我們現在不忙。   忙碌的：busy

(7) 他不是來自澳洲。   澳洲：Australia

(8) 我還沒準備好。   準備好的：ready

否定句的基礎

19 形成否定句的方法②

在這一課，我們要看的是一般動詞的否定句。一般動詞形成否定句的方法，和 be 動詞的否定句有很大的不同。

be 動詞的句子，只要在 be 動詞後面加上 not 就會形成否定句。

但是，一般動詞的否定句並不是在動詞後面加 not，所以不能說 I play not tennis.（×）。

一般動詞的否定句，要在動詞前面加上 do not。（do not 也常縮寫為 don't。）
請確實掌握一般動詞否定句和 be 動詞否定句的這項差異。

主詞是 You 的時候，還有主詞是複數的時候，都是用 do not。

主詞是第三人稱單數的時候，否定句的形式稍有不同。關於這一點，會在下一課學到。

⊕ 英語會話　don't 是 do not 的縮寫，但日常會話中通常是說 don't。如果不用縮寫的形式而說 do not 的話，聽起來像是刻意要表達強烈否定的意思。

基本練習

■ 請改寫為否定句。

（例） I like dogs.

　　→　I don't like dogs.

(1) I play tennis.

(2) I know his name.　　　　　　　　　　know：知道　name：名字

(3) They use this room.　　　　　　　　　use：使用　room：房間

(4) We live here.　　　　　　　　　　　　　　　　live：住

(5) I like my new job.　　　　　　　　　　　　　　job：工作

■ 請翻譯成英文。

(6) 我不喜歡棒球。　　　　　　　　　　　　棒球：baseball

(7) 我沒有手機。　　　　　　　　　　　　手機：a cell phone

(8) 他們不說日語。　　　　　　　　說：speak　日語：Japanese

(9) 我不喝牛奶。　　　　　　　　　　喝：drink　牛奶：milk

否定句的基礎

20 形成否定句的方法③

一般動詞的否定句，是在動詞前面加上 do not（縮寫為 don't）。不過，當主詞是第三人稱單數（He, She, Ming 等等）時，會使用不同的形式。

主詞是第三人稱單數的時候，動詞前面加的不是 do not，而是 does not。（縮寫為 doesn't。）

這時候，有一點要特別注意。

主詞是第三人稱單數的時候，一般動詞會變成「加上 s 的形態」對吧〈→p.28〉。但在否定句中，does not 後面的動詞要使用**不加 s 的「原始形態」**（稱為「**原形**」）。

一般動詞否定句有以下兩個重點，請確實掌握。
① 依照主詞的不同，選用 do not（縮寫是 don't）或 does not（縮寫是 doesn't）
② 動詞一定是用不加 s 的原始形態（原形）

➕ 溫故知新 　形成否定句時使用的 do not / does not，其中的 do/does 和 can、will 同樣分類為「助動詞」。所以，後面接的動詞都是原形。

基本練習

答案在306頁。
對完答案後，請聽CD跟著唸出英語發音。

mp3 24

■ **請改寫為否定句。**

（例） She plays tennis.

→ She doesn't play tennis.

(1) Mike lives in Taipei.

_____

(2) Wei likes math.　　　　　　　　　　　　　　　　　math：數學

_____

(3) My father has a car.

_____

(4) Ms. Chen has a cell phone.　　　　　　　cell phone：手機

_____

(5) Ken knows my phone number.　　　phone number：電話號碼

_____

■ **將下列句子翻譯為英文。**

(6) 我媽媽不喝咖啡。　　　　　　　　喝：drink　咖啡：coffee

_____

(7) 我爺爺不看電視。　　　　　　　　　　　　爺爺：grandfather

_____

(8) 布朗老師（Mr. Brown）不說日語。

_____

(9) 她不吃早餐。　　　　　　　　　　　吃：have　早餐：breakfast

_____

否定句的基礎

21 isn't 和 don't 的整理

be 動詞（am, are, is）的句子和一般動詞的句子，形成否定句的方式有所不同。接下來，就讓我們複習這兩種不同的句型。

be 動詞的否定句，是在 be 動詞（am, are, is）後面加上 not。

				縮寫 (1)		縮寫 (2)	
I	am			I'm		——	
You We They 其他所有複數主詞	are	not	...	You're We're They're	not ...	You We They	aren't ...
He She It 其他所有單數主詞	is			He's She's It's		He She It	isn't ...

（縮寫時使用 (1) 或 (2) 的形式都可以。）

一般動詞的否定句，是在動詞前面加上 do not 或 does not。請注意兩種情況都是使用動詞的**原形**。

I You We They 其他所有複數主詞	do not 〔don't〕	play 等動詞的原形	...
He She It 其他所有單數主詞	does not 〔doesn't〕		

➕ 細說分明　一般動詞的否定句是用 don't 或 doesn't，而不是用 be 動詞。所以，不會有 I'm don't play...（✗）或 He isn't play...（✗）之類的形態，不要搞混了。

基本練習

■ 從（　　）中選擇適當的單字，填入 ▢ 中。

　請注意句型應該是 be 動詞的句子或一般動詞的句子。

(1) 我網球打得不好。

I ▢ not a good tennis player.　　　　　　（ am / do ）
　　　　　　　球員

(2) 我不喜歡咖啡。

I ▢ not like coffee.　　　　　　（ am / do ）

(3) 我不是高中生。

I ▢ not a high school student.　　　　　　（ am / do ）

(4) 小明不打高爾夫球。

Ming ▢ not play golf.　　　　　　（ is / does ）
　　　　　　　高爾夫球

(5) 小明現在不在這裡。

Ming ▢ not here now.　　　　　　（ is / does ）
　　　　　　　在這裡

■ 從（　　）中選擇適當的詞語，填入 ▢ 中。

　請注意，要依照主詞選擇正確的用法。

(6) 我不認識你的叔叔。

I ▢ know your uncle.　　　　　　（ don't / doesn't ）
　　　　　　叔叔

(7) 我媽媽不開車。

My mother ▢ drive a car.　　　　　　（ don't / doesn't ）
　　　　　　　　駕駛

(8) 他們不說日語。

They ▢ speak Japanese.　　　　　　（ don't / doesn't ）

否定句的基礎

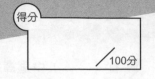

解答在307頁
對完答案後，請聽CD跟著唸出英語發音。

be 動詞、一般動詞的否定句

1 從（　　）中選擇適當的詞語，用○圈起來。　　　　【各 5 分，共 25 分】

(1)　Emily（isn't / don't / doesn't）like coffee.

(2)　I（isn't / don't / am not）live in Taipei.

(3)　My sister（isn't / don't / doesn't）a soccer fan.

(4)　They（aren't / don't / doesn't）from Kaohsiung.

(5)　That（isn't / don't / doesn't）my house.

2 把以下的句子改寫成否定句。　　　　　　　　　　【各 5 分，共 25 分】

(1)　I'm busy now.

----

(2)　I like science.　　　　　　　　　　　　　　　science：科學

----

(3)　My grandmother watches TV.　　　　　　　　grandmother：奶奶

----

(4)　Lucy speaks Chinese at home.　　　　　　　　at home：在家

----

(5)　Mei and I are in the same class.　　　the same：相同的　class：班級

----

3 把以下的句子翻譯成英文。

【各 10 分，共 50 分】

(1) 我不知道她的名字。

知道：know　名字：name

-----

(2) 我媽媽禮拜天不做早餐。

做早餐：make breakfast　在禮拜天：on Sundays

-----

(3) 我媽媽沒有車。

車：a car

-----

(4) 王老師（**Mr. Wang**）不是國文老師。

國文老師：a Chinese teacher

-----

(5) 他們現在不在這裡。

這裡：here　現在：now

各種動詞①

以下整理本書到目前為止出現過的一般動詞。因為每一個都是很基礎的動詞，所以請確實掌握它們的意思。

☐ play　　從事（運動或遊戲），演奏（樂器）
☐ have　　擁有，有（兄弟姐妹），用餐，飼養（動物）

☐ like	喜歡	☐ live	住	☐ know	知道
☐ go	去	☐ come	來	☐ want	想要
☐ walk	走	☐ run	跑	☐ drive	駕駛
☐ speak	說	☐ use	用	☐ watch	看（電視等）
☐ study	學習	☐ teach	教	☐ make	做
☐ eat	吃	☐ drink	喝	☐ wash	洗

進階學習

be 動詞的疑問句

形成疑問句的方法①

相對於「你肚子餓了」這種一般的句子，表示疑問的「你肚子餓嗎？」就稱為「**疑問句**」。

在英語裡，當句子變成疑問句時，句子的形式（主要是單字的順序）會和一般的句子有所不同。另外，句尾也不是用句號（.），而是用問號（?）。

be 動詞的句子和一般動詞的句子，形成疑問句的方法有很大的不同。在這一課，我們要先學習 be 動詞的疑問句。

be 動詞的疑問句，是用 be 動詞開頭的。
例如主詞是 you 的話，就用 Are 開頭，變成 Are you...?。

如果主詞是第三人稱單數（he, she, this 等等）的話，句子就用 Is 開頭。

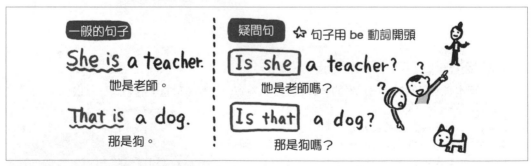

雖然不太常用，但 I am... 也有對應的疑問句。句子用 Am 開頭，說 Am I late? 就是「我遲到了嗎？」的意思。

➕ 英語會話 要用 Yes/No 回答的疑問句，基本上要像「Are you hungry?（↗）」一樣，在句尾的部分把語調提高。

基本練習

■ 請改寫成疑問句。

（例） You are hungry.

　　→　Are you hungry?

(1) That is a dog.

(2) This is your notebook.　　　　　　　notebook：筆記本

(3) They're in the same class.　　　the same：相同的　class：班級

■ 請翻譯成英文。要注意主詞是什麼。

(4) 她是老師嗎？　　　　　　　　　　　老師：a teacher

(5) 你很忙嗎？

(6) 那是醫院嗎？　　　　　　　　　　　醫院：a hospital

(7) 你來自中國嗎？　　　　　　　　　　中國：China

(8) 凱特（Kate）在那裡嗎？　　　　　　那裡：there

疑問句的基礎

23 Are you...? 這類句子的回答法

　　be 動詞的疑問句，是用 be 動詞開頭，以 Are you...? 或 Is he...? 的形式來表達對吧。對於這種問句，要回答 Yes（是）或 No（不）。

　　對於 Are you...?（你是…嗎？）這個問句，就要回答 Yes, I am. / No, I am not.（或者使用縮寫的 No, I'm not.）。

　　以 Yes 回答問句時，不能用縮寫的形式。Yes, I'm.（✕）是錯的。

　　Is...? 形式的疑問句，隨著主詞不同，有三種回答方式。

① 主詞是男性的話，就用 he，回答 Yes, he is. / No, he is not.。
　（縮寫是 No, he isn't. / No, he's not.）

② 主詞是女性的話，就用 she。
　（縮寫是 No, she isn't. / No, she's not.）

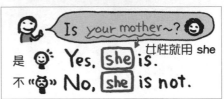

③ 主詞是物品的話，就用 it。
　（縮寫是 No, it isn't. / No, it's not.）

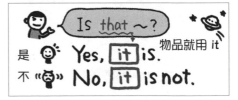

　　主詞是複數的時候，不論人或物都是用 they（他們、她們、它們）回答：Yes, they are. / No, they are not.。（縮寫是 No, they aren't. / No, they're not.）

✚ 英語會話　在實際的會話中，回答 No 之後會補充資訊，讓對話能夠順利地繼續下去。例如別人問 Are you from Taipei?，要回答 No 的時候，就不會只說 No, I'm not.，而會補充對方可能想知道的資訊，例如 I'm from Taoyuan。

答案在307頁。
對完答案後，請聽CD跟著唸出英語發音。

mp3
28

■ 用英文回答以下問題。請寫出兩種回答，在 ① 中回答「是」，在 ② 中回答「不」。

（例） Are you Ming?

① Yes, I am. ② No, I'm not.

(1) Is Mr. Smith from Canada?　　　Mr.：…先生（加上姓氏的男性敬稱）

① ②

(2) Is your sister in Japan?

① ②

(3) Are you a high school student?　　high school：高中　student：學生

① ②

(4) Is this your notebook?

① ②

(5) Is that a station?　　station：車站

① ②

(6) Are your parents busy?　　parents：父母（複數）

① ②

(7) Is your brother married?　　married：結了婚的

① ②

疑問句的基礎

24 形成疑問句的方法②

在前兩課，我們學習了 be 動詞的疑問句。從這一課開始，我們要學習的是 play 和 like 等一般動詞的疑問句。

be 動詞的疑問句，只要用 be 動詞開頭就行了。但一般動詞的情況，並不是把動詞移到句首形成疑問句，所以不能說 Like your cats?（╳）。

在一般動詞的情況下，要靠 Do 的幫忙來形成疑問句（前面提過，do 也會在形成否定句的時候出現。→p.54）。這時候，要把 Do 放在句首。

把「你喜歡貓嗎？」說成 Are you like cats?（╳）是不行的哦。如果用了 like 這個動詞（一般動詞），就不能再用 Are 這個動詞（be 動詞）。

對於 Do...? 的疑問句，要用 Yes 或 No 回答。如果回答 Yes 的話，就用 do。回答 No 的話，就用 do not，縮寫是 don't。

➕ 文法用語　用來回答 Do you like cats? 的句子 Yes, I do.，其中的 do 稱為「代動詞」。原本應該說 Yes, I like cats，但為了避免重複，所以用 do 來代替 like cats。

基本練習

答案在307頁。
對完答案後，請聽CD跟著唸出英語發音。

■ 請改寫為疑問句。

(1) You like soccer.

-----

(2) You live near here.　　　　　　　near：在…附近　here：這裡

-----

(3) You have a cell phone.　　　　　　　cell phone：手機

■ 請翻譯成英文，並且在 ① 回答「是」，在 ② 回答「不」。

（例） 你喜歡貓嗎？

　　　Do you like cats?

　→ ① Yes, I do.　　　② No, I don't.

-----

(4) 你說英語嗎？　　　　　　　　　　　　　　說：speak

　→ ①_____　②_____

(5) 你每天看電視嗎？　　　　　　　看：watch　每天：every day

　→ ①_____　②_____

(6) 你彈鋼琴嗎？　　　　　　　　　　　　鋼琴：the piano

　→ ①_____　②_____

(7) 你知道她的名字嗎？　　　　知道：know　她的名字：her name

　→ ①_____　②_____

疑問句的基礎

25 形成疑問句的方法③

請回想一下一般動詞的否定句〈→p.56〉。隨著主詞的不同，會分別選用 do not 或 does not 對吧。疑問句也是一樣，有使用 Do 或 Does 的區分。

主詞是**第三人稱單數**的時候，就不是用 Do，而是用 Does。

● 主詞是 I、you、複數的時候　　● 主詞是第三人稱單數的時候

Do you ～?　　Does she ～?

用 Do　　用 Does

這時候，一定要特別注意一點。
在疑問句中，動詞要用**不加 s 的「原本的形態」**（原形）。

● 第三人稱單數要注意這一點！

動詞加 s

一般的句子　嘿咻 She plays tennis.

疑問句　Does she play tennis?

用 Does 的時候　　動詞就不加 s　　跟否定句的時候一樣

一般動詞疑問句的重點，和否定句一樣。也就是：
① 區分 Do 和 Does 的用法　② 動詞一定是用原形。

Do...? 的問句用 do 回答，
Does...? 的問句則用 does 回答。

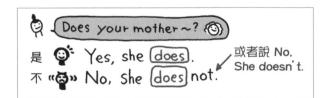

Does your mother ～?

是 Yes, she [does].　　或者說 No, She doesn't.
不 No, she [does] not.

➕ 溫故知新　用來造疑問句的 Do / Does，和 can、will 一樣，分類為「助動詞」。所以，後面接的動詞都是原形。

基本練習

答案在307頁。
對完答案後，請聽CD跟著唸出英語發音。

mp3
30

■ 請改寫為疑問句。

(1) She plays tennis.

------

(2) He lives in London.　　　　　　　　　　　London：倫敦

------

(3) Ms. Chen teaches science.　　Ms.：小姐（加上姓氏的女性敬稱）　science：理科

■ 請翻譯為英文，並且在 ① 回答「是」，在 ② 回答「不」。

（例）　小明喜歡貓嗎？

　　　Does Ming like cats?

　　→ ①　Yes, he does.　　　　②　No, he doesn't.

------

(4) 米勒小姐（Ms. Miller）說西班牙語嗎？　　　　西班牙語：Spanish

　　→ ①＿＿＿＿＿＿　　　　②＿＿＿＿＿＿

(5) 你媽媽彈鋼琴嗎？

　　→ ①＿＿＿＿＿＿　　　　②＿＿＿＿＿＿

(6) 你爸爸有車嗎？　　　　　　　　　　　　　　車：a car

　　→ ①＿＿＿＿＿＿　　　　②＿＿＿＿＿＿

(7) 王先生（Mr. Wang）工作努力嗎？　　　工作：work　努力地：hard

　　→ ①＿＿＿＿＿＿　　　　②＿＿＿＿＿＿

疑問句的基礎

be 動詞、一般動詞疑問句的整理

Are you...? 和 Do you...? 的整理

be 動詞（am, are, is）的句子和一般動詞的句子，形成疑問句的方法不同。接下來，就讓我們複習這兩種不同的句型。

be 動詞的疑問句，是把 be 動詞（am, are, is）放在句子的開頭。

Am	I		回答方式
Are	you we they 其他所有複數主詞	～？	Are you ～？ → Yes, I am. / No, I'm not. Is Ming ～？ → Yes, he is. / No, he isn't. Is this ～？ → Yes, it is. / No, it isn't. ・答句的主詞會使用 I / he / she / 　it / we / they 等代名詞。
Is	he she it 其他所有單數主詞		

一般動詞的疑問句，則是在句首放上 Do 或 Does。請注意，句中的動詞都是用原形。

Do	I you we they 其他所有複數主詞	play 等等動詞 的原形	～？	回答方式 Do you ～？ → Yes, I do. / No, I don't. Does Ming ～？ → Yes, he does. 　No, he doesn't. ・答句的主詞會使用 I / 　he / she / it / we / they 等 　代名詞。
Does	he she it 其他所有單數主詞			

⊕ 細說分明　you 除了「你」之外，也有「你們（複數）」的意思。對於表示「你們是…」的問句 Are you...?，會用 we 來回答，如 Yes, we are. / No, we aren't.。Do you...? 也是一樣，回答有可能是 Yes, we do. / No, we don't.。

■ 從（　）中選擇適當的單字，填入 ⬚ 中。
請注意題目是 be 動詞的句子還是一般動詞的句子。

(1) 你是足球迷嗎？

　　＿＿＿＿＿ you a soccer fan?　　　　（ Are / Do ）

(2) 你喜歡咖啡嗎？

　　＿＿＿＿＿ you like coffee?　　　　（ Are / Do ）

(3) 你是高中生嗎？

　　＿＿＿＿＿ you a high school student?　　　　（ Are / Do ）

(4) 小明打高爾夫球嗎？

　　＿＿＿＿＿ Ming play golf?　　　　（ Is / Does ）

(5) 小明忙嗎？

　　＿＿＿＿＿ Ming busy?　　　　（ Is / Does ）

(6) 這班公車往西門町嗎？

　　＿＿＿＿＿ this bus go to Ximending?　　　　（ Is / Does ）

■ 從（　）中選擇適當的單字，填入 ⬚ 中。
請注意依照主詞區分使用的單字。

(7) 你認識布朗先生嗎？

　　＿＿＿＿＿ you know Mr. Brown?　　　　（ Do / Does ）

(8) 你媽媽開車嗎？

　　＿＿＿＿＿ your mother drive a car?　　　　（ Do / Does ）

(9) 他們說日語嗎？

　　＿＿＿＿＿ they speak Japanese?　　　　（ Do / Does ）

(10) 你的父母住在這附近嗎？

　　＿＿＿＿＿ your parents live near here?　　　　（ Do / Does ）

在…附近　這裡

疑問句的基礎

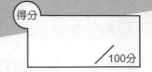

解答在307頁
對完答案後，請聽CD跟著唸出英語發音。

mp3 32

be 動詞、一般動詞的疑問句

1 從（ ）中選擇適當的單字，用○圈起來。 【各 4 分，共 16 分】

(1) （ Is / Do / Does ）she a good singer?
　　　　　　　　　　　　　　　歌手

(2) （ Are / Do / Does ）you watch TV every day?

(3) （ Is / Do / Does ）that your room?

(4) （ Is / Do / Does ）your uncle live in Taipei?
　　　　　　　　　　　　　　　叔叔

2 把下面的句子改寫成疑問句。 【各 5 分，共 10 分】

(1) She's busy today.

_____

(2) Wei likes science.　　　　　　　　　　science：科學

_____

3 請依照（ ）裡的答案，用英文回答問題。 【各 5 分，共 10 分】

(1) Is that your bike, Ken?　　　（是）　_____

(2) Do you walk to school, Amy?　（不）　_____

(3) Does Mr. Lin drive a car?　　（是）　_____
　　　　　　駕駛　　車子

(4) Are they in the kitchen?　　（不）　_____
　　　　　　　廚房

4 把中文句子翻譯成英文。

【各9分，共54分】

(1) 你喜歡棒球嗎？

棒球：baseball

---

(2) 佩玲（Peiling）彈鋼琴嗎？

鋼琴：the piano

---

(3) 你爸爸有車嗎？

車：a car

---

(4) 林老師（Mr. Lin）是國文老師嗎？

國文老師：a Chinese teacher

---

(5) 麥克（Mike）來自澳洲嗎？

澳洲：Australia

---

(6) 麥克和鮑伯（Bob）說中文嗎？ —不，他們不說。

—

各種動詞②

這裡整理了一些最好能早點記起來的基本一般動詞。請不要心急，一點一點地把它們學會。

☐ get　得到	☐ read　閱讀	☐ write　寫
☐ see　看見、見面	☐ hear　聽到	☐ talk　說話，談話
☐ cook　烹調	☐ help　幫忙，協助	☐ swim　游泳
☐ open　打開	☐ close　關閉	☐ leave　離開，出發
☐ take　拿，搭乘（交通工具），花費（時間）		☐ wait　等待
☐ look　看，望向…	☐ listen　聽，傾聽	

進階學習

27 詢問「什麼？」的句子①

疑問句可以分為兩大類： 詢問 Yes / No 的疑問句、 詢問具體資訊的疑問句。這和中文是一樣的。

左邊的人問那是不是學校，所以他只是想知道①「Yes 或 No」。相對的，右邊的人要問 「是什麼」，是想知道②具體的資訊。

到目前為止，我們學過的疑問句其實都是第①類。從這一課開始，我們要學習第②類的疑問句。學會了這種疑問句，就能夠用英語詢問各種事項。

首先，我們要從詢問「什麼？」的疑問句開始學起。

問「**什麼？**」的時候，句子是用 What 開頭。「…是什麼？」的英文問句是 What is...?（縮寫是 What's...?）。

對於 What is...? 這種問句，要用 It is...（縮寫是 It's...）的句型來回答，表示「那是…」。就算問句是 What's <u>this</u>? 或 What's <u>that</u>?，基本上也是回答 It is...，而不是 <u>This</u> is... 或 <u>That</u> is...。

⊕ 英語會話 基本上，用 What 等疑問詞開頭的疑問句（不能用 Yes / No 回答的疑問句），例如 What's this?（↘），句尾的語調會下降。

基本練習

答案在308頁。
對完答案後，請聽CD跟著唸出英語發音。

mp3
33

■ **請翻譯成英文。**

(1) 這是什麼？

---

(2) 那是什麼？

---

(3) 你姊姊的名字是什麼？　　　　　　　　　　　　　姊姊：sister　名字：name

---

(4) 你最喜歡的運動是什麼？　　　　　　　　　　最喜歡的：favorite　運動：sport

---

(5) 這個箱子裡是什麼？　　　　　　　　　　　　　　　這個箱子裡：in this box

■ **用英文回答以下問題。請依照（　　）裡的內容回答。**

(6) **What's this?** （→這是手機。）　　　　　　　　　手機：a cell phone

---

(7) **What's this?** （→這是火腿三明治。）　　　　火腿三明治：a ham sandwich

---

(8) **What's that?** （→那是飯店。）　　　　　　　　　飯店：a hotel

疑問詞

28 詢問時間、星期幾的句子

What time...? / What day...?

What 除了表示「什麼東西」以外，還有「什麼…」的意思。

例如使用表示「時間」的 time，問 What time...? 的話，就表示「什麼時間」，也就是問「幾點？」的意思。

「What time is it?」是「（現在）幾點？」的意思。對於這類問題，通常會用 It is... 的句型回答。〈數字的說法→p.298〉

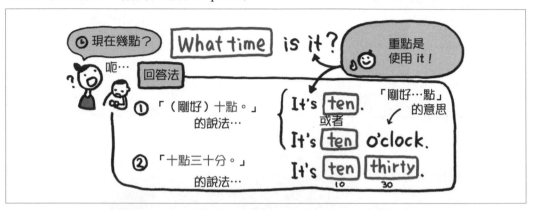

另外，如果使用表示「天，日子」的 day，問 What day...? 的話，則是表示「星期幾？」的意思。

「What day is it today?」是「今天星期幾？」的意思。對於這問題，通常會用 It is... 的句型回答。〈星期的說法→p.299〉

表示時間或星期的句子，主詞會使用 it。這時候的 it 沒有什麼特別的意思，不必翻譯成「它」。

➕ 細說分明　「現在幾點？」的問法還有 What's the time? / Do you have the time? 等等。日期的問法是 What's the date today?（今天是幾月幾日？），答案則要像 It's May 5（唸成 fifth）一樣，用序數（→p.298）回答。

基本練習

■ **請翻譯成英文。**

(1) 現在幾點？

_____

(2) 今天星期幾？　　　　　　　　　　　　　　　今天：today

_____

(3) 紐約現在幾點？　　　　　　　　　　　　在紐約：in New York

_____

■ **請用英文回答以下問題，依照①～④的情況分別寫下答案。可以參考 p.298～
299 的「數字的說法」和「星期的說法」。**

(4) **What time is it?**

① 5:00 _____

② 6:30 _____

③ 8:20 _____

④ 11:15 _____

(5) **What day is it today?**

① 星期日 _____

② 星期一 _____

③ 星期三 _____

④ 星期六 _____

疑問詞

29 詢問「什麼？」的句子②

前面已經學過 What is...? 這種 be 動詞的疑問句。在這一課，我們要看的是「你有什麼（have）」和「你喜歡什麼（like）」這種一般動詞的疑問句。

只要知道**「句子用 What 開頭」**，以及使用 do, does 形成**一般動詞疑問句**的方法，就很簡單了。

我們先從**「你有什麼東西」**這個使用 have 的句子來思考看看。

首先把 What 放在句子的開頭。然後，接上表示「你有嗎」的一般動詞疑問句形態（do you have?）就行了。

對於這種問題，用 I have... 的句型回答擁有的東西就行了。

接下來，讓我們用 like 的句子**「你喜歡什麼運動？」**再確認一次。

首先把 What 放在句子的開頭。因為是問「什麼運動」，所以要說「What sports」。然後，接上表示「你喜歡嗎」的一般動詞疑問句形態（do you like?）就完成了。

請注意，當主詞是第三人稱單數的時候，就不是用 do，而是用 does。

➕ 細說分明　要問「什麼種類的…」的時候，會說 What kind of...。例如 What kind of music do you like?（你喜歡什麼種類的音樂？）/ What kind of job does he do?（他從事什麼樣的工作？）。

基本練習

答案在308頁。
對完答案後，請聽CD跟著唸出英語發音。

mp3
35

■ **請翻譯成英文。**

(1) 你在包包裡有什麼？

_____ in your bag?

(2) 你早餐吃什麼？

吃：have 或 eat

_____ for breakfast?

(3) 你星期日做什麼？

做：do

_____ on Sundays?

(4) 你爸爸星期日做什麼？

_____ on Sundays?

(5) 你喜歡什麼科目？

科目：subject

_____

(6) 她喜歡什麼運動？

運動：sports

_____

(7) 你早上幾點起床？

起床：get up

_____ in the morning?

(8) 你通常幾點上床睡覺？

通常：usually 　上床睡覺：go to bed

_____

疑問詞

30 「誰？」「哪裡？」「何時？」

詢問「什麼？」的時候，句子是用 What 開頭對吧。

這個 What 稱為疑問詞。不過，除了 What 以外，還有幾個疑問詞。

把這些疑問詞背起來，就能夠用英語詢問各種事情。

規則是，疑問詞總是會放在**句子的開頭**。請記住這一點。

除了用 is 以外，也可以用一般動詞來詢問（和上一課學過的 What 一樣）。

例如用一般動詞 live 問「你住在哪裡？」的時候，句子就用疑問詞 where（哪裡）開頭。然後接上表示「你住嗎」的一般動詞疑問句形態（do you live?）就行了。

➕ 文法用語　嚴格來說，「疑問詞」不算是一種詞性，因為它們可以分為三種詞性。what（表示「什麼東西」的時候）、which（表示「哪個東西」的時候）、who、whose 是代名詞（疑問代名詞）。表示「什麼…」的 what 和表示「哪個…」的 which 是形容詞（疑問形容詞）。when、where、why、how 是副詞（疑問副詞）。

■ 在 ☐ 中填入適當的疑問詞。

(1) 哪支是她的球拍？

☐ is her racket?

球拍

(2) 我的照相機在哪裡？

☐ is my camera?

(3) 那個男孩子是誰？

☐ is that boy?

(4) 校慶是什麼時候？

☐ is the school festival?

慶典

■ 請翻譯成英文。

(5) 海倫（Helen）是誰？

(6) 哪本是你的筆記本？

筆記本：notebook

(7) 你住在哪裡？

居住：live

(8) 你的生日是什麼時候？

生日：birthday

(9) 渡邊先生（Mr. Watanabe）在哪裡？

(10) 你在什麼時候看電視？

看電視：watch TV

疑問詞

31 詢問「怎麼樣？」的句子

我們已經學過 What, Who, Where, When, Which 等疑問詞，除了這些以外，還有 How 這個重要的疑問詞。

How 是詢問**「怎麼樣？」**的時候使用的詞。
「…怎麼樣？」是用 How is...? 的句型詢問。（縮寫是 How's...?）

有一句打招呼的日常用語叫 How are you?（你好嗎？）對吧。跟字面上的意思一樣，這個疑問句是表示「你（的狀態、情況）怎麼樣？」的意思。

詢問「天氣怎麼樣？」的時候，也可以用 How is...? 的句型。

詢問**「怎麼做？」**、**「用什麼方法？」**的時候，也是用 How。

➕ 溫故知新　用 be 動詞過去式的句型 How was...?，可以用來詢問對事物的感想，例如 How was the movie?（電影怎麼樣？）、How was the test?（考試怎麼樣？）等等。

基本練習

■ **請翻譯成英文。**

(1) 伯母好嗎？（你媽媽最近過得怎樣？）

----

(2) 高雄的天氣怎樣？ 　　　　　　　　　　天氣：the weather

　　　　　　　　　　　　　　　　　　in Kaohsiung?
----

(3) 你怎麼來學校的？

　　　　　　　　　　　　　　　　　　to school?
----

(4) 你的新工作怎樣？ 　　　　　　　　　　工作：job

■ **用英文回答下面的問題。**
　請依照①～③的情況分別回答。

(5) How's the weather in Taipei?

　　① 晴天　　--

　　② 下雨　　--

　　③ 多雲　　--

疑問詞

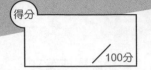

複習測驗

解答在308頁

對完答案後，請聽CD跟著唸出英語發音。

mp3 38

用疑問詞開頭的疑問句

1 請從右欄選出適合回答下列問題的答案，在（　）中填入代號。

【各5分，共30分】

(1) What do you usually do on Sundays?　（　　）

(2) Where's my dictionary?　（　　）
　　　　　字典

(3) Who is Mr. Su?　（　　）

(4) What's that building?　（　　）
　　　　建築物

(5) What do you have in your hand?　（　　）
　　　　　　　　　　　手

(6) How's your father?　（　　）

> a. It's on the desk.
> b. I play baseball.
> c. He's a teacher.
> d. He's fine.
> e. I have a book.
> f. It's a school.

2 請將（　）中的詞語重組成正確的英文句子。

【各5分，共2分】

(1) （ your / is / name / what / brother's ）？

----

(2) （ you / sports / what / like / do ）？

----

(3) （ weather / is / how / the / in Hualien ）？

----

(4) （ do / for breakfast / what / have / you ）？　for breakfast：當成早餐

----

3 請把下面的句子翻譯成英文。

【各 10 分，共 50 分】

(1) 你的生日是什麼時候？

生日：birthday

----

(2) 你住在哪裡？

居住：live

----

(3) 你喜歡什麼科目？

科目：subject

----

(4) 現在幾點？

----

(5) 今天是星期幾？

今天：today

詢問「這是誰的？」的疑問句

詢問「這是誰的…？」的時候，會使用疑問詞 Whose（誰的）。

· Whose notebook is this?（這是誰的筆記本？）
— It's mine.（那是我的。）

答句中的 mine，是用一個單字就能表示「我的東西」的代名詞（所有代名詞）。在上面的句子裡，是用來代替 my notebook。

〈用一個字表示「…的東西」的代名詞〉
□ mine 我的東西　　□ ours 我們的東西　　□ yours 你的東西
□ his   他的東西　　□ hers 她的東西　　□ theirs 他們的東西

要用人物的名稱回答，例如「小明的」「媽媽的」的時候，會使用加上「's」的形態，如 It's Kenta's. / It's my mother's.

進階學習

32 「複數形」是什麼？

名詞的複數形

「書」、「狗」、「哥哥」、「蘋果」等等，表示物品或人物名稱的詞語，稱為名詞。

在中文裡，不管是「一本書」還是「兩本書」，「書」這個名詞的形態都是相同的。但在英語裡，就像 a book → two books 一樣，表示一個（單數）和兩個以上（複數）的時候，名詞的形態會有所不同。

數量是一個（單數）的時候，通常會加上表示「一個」的 a。但當單字的開頭是母音（a, e, i, o, u 等）時，前面接的不是 a 而是 an。

不過，如果加上了 my（我的）/ your（你的）/ Ming's（小明的），表示「某人的」，或者加了 the 的時候，就不會再加上 a / an。

數量是兩個以上（複數）的時候，名詞後面會加 s。這種形態稱為**「複數形」**。

two（兩個）、three（三個）和 some（一些）、a lot of（許多）、many（許多）後面的名詞，要使用複數形。

➕ 細說分明　複數形的 s 基本上是發 [z] 的音，但如果 s 前面的音（單數形字尾的發音）是 [p] [t] [k] 的話，s 的發音會是 [s]。另外，如果加了 s 之後變成 -ts，[ts] 的發音會連在一起，像是「ㄘ」的發音。有些單字後面加的不是 s 而是 es（p.88），這時候的 es 發音是 [ɪz]。

■ 把（　　　）裡的單字填入 ☐ 中，必要時請改變單字的形態。

(1) 我有兩隻狗。
I have two ☐. （ dog ）

(2) 吳小姐是數學老師。
Ms. Wu is a math ☐. （ teacher ）

(3) 請給我三個漢堡。
Three ☐, please. （ hamburger ）

(4) 她有很多本書。
She has many ☐. （ book ）

(5) 我知道一些英文歌。
I know some English ☐. （ song ）

(6) 他在台灣有很多朋友嗎？
Does he have a lot of ☐ in Taiwan? （ friend ）

(7) 我沒有任何姐妹。
I don't have any ☐. （ sister ）

(8) 王先生有三台車。
Mr. Wang has three ☐. （ car ）

複數形

33 需要注意的複數形

變化為複數形時要注意的名詞

數量在兩個以上（複數）的時候，名詞要加 s 形成「複數形」。

大部分的名詞是像 book → books、dog → dogs 一樣，直接加上 s，但有少數名詞並不是這樣。

class（一節課，班級）是加 es 而不是 s。

box（箱子）也是加 es 而不是 s。

> ① 加 es 的名詞
>
> class（一節課・班級）➡ classes
> box（箱子）➡ boxes

country（國家）是把字尾的 y 改成 i，再加上 es。

city（城市）和 family（家庭）也是一樣。

> ② y→ies 的名詞
>
> country（國家）➡ countries
> city（城市）➡ cities
> family（家庭）➡ families

man（男人）、woman（女人）、child（孩子）則是不規則變化。

> ③ 不規則變化的名詞
>
> man（男人）➡ men
> woman（女人）➡ women
> child（孩子）➡ children

另外，也有本身就不能轉變為複數形的名詞。

例如 water（水），因為是無法區分「從哪裡到哪裡算是一個」的液體，所以不能用「一個、兩個…」的方式去數。這種**「不能數的名詞」**不能轉變為複數形。（也不會加上表示「一個」的 a 或 an。）〈→p.100〉

➕ 細說分明　　嚴格說來，複數形的規則是字尾為「s, x, ch, sh」的名詞加 es，字尾為「a, e, i, o, u 以外的字母＋y」的名詞將 y 改為 i 後加 es。除了上面所舉的例子以外，還有 bus→buses、dish→dishes、story→stories 等等。另外，也有 leaf（葉子）→leaves、life（生命）→lives 這種變化。

基本練習

■ 把下面的名詞改成複數形。

(1) city （城市）　　　　　　　　　［　　　　　］

(2) box （箱子）　　　　　　　　　［　　　　　］

(3) man （男人）　　　　　　　　　［　　　　　］

(4) woman （女人）　　　　　　　　［　　　　　］

(5) child （小孩）　　　　　　　　　［　　　　　］

(6) family （家庭）　　　　　　　　［　　　　　］

■ 把（　　）裡的單字填入 ［　］ 中，必要時請改變單字的形態。

(7) 我們星期二有五堂課。
　　 We have five ［　　　　　］ on Tuesdays.　　　（ class ）

(8) 瓊斯先生每年都拜訪很多國家。
　　 Mr. Jones visits many ［　　　　　］ every year.　　（ country ）
　　　　　　　 拜訪

(9) 大象喝很多水。
　　 Elephants drink a lot of ［　　　　　］.　　　（ water ）
　　　 大象　　　 喝

複數形

34 詢問數字的句子

問「怎麼樣？」「怎麼做？」的時候是用 How 對吧。除了這些用法以外，How 還有「**多麼…？**」的意思。

舉例來說，如果使用表示「很多的，多數的」的 many，說 How many...? 的話，就是表示「有多麼多的…」，也就是「**有多少…**」的意思，可以用來詢問數量。

除了 How many 以外，還有一些用 How（多麼…）和其他單字組合而成的疑問句型。

➕ 細說分明　　How 的疑問句，還有以下這些句型。How far...?（…多遠？）：詢問距離。How often...?（多常…？）：詢問頻率。How high...?（…多高？）：詢問高度（標高等）。

基本練習

■ 完成以下英文句子。

(1) 你有幾隻狗？

-- do you have?

(2) 這座橋有多長？

-- is this bridge?
橋

(3) 雅婷，你幾歲？

-- are you, Yating?

(4) 他有多高？

-- is he?

(5) 這個多少錢？

-- is this?

■ 把（　　）裡的詞語重新排列，組成正確的英文句子。

(6) 這部電影有多長？　　　　　　　　　　　　　　電影：movie
（ how / movie / this / long / is ）？

----

(7) 這棟建築物有多老？　　　　　　　　　　　　　建築物：building
（ building / old / is / this / how ）？

----

(8) 你有幾本書？
（ many / you / books / how / do / have ）？

----

(9) 那個包包多少錢？
（ much / how / is / bag / that ）？

複數形

35 要求對方做某事的句子

上英文課的時候，老師會說 Stand up.（起立）和 Sit down.（坐下）。這種句子就稱為「祈使句」。

祈使句的產生方式很簡單。不使用主詞，直接用**動詞**開頭的句子就是祈使句。（雖然英語句子的一大原則是要有「主詞」和「動詞」，但祈使句是沒有主詞的特殊句型。）

祈使句並不是只能用來命令別人而已。依照使用的場合和語氣，給人的感覺也會有很大的不同。

使用 please 的話，可以緩和命令的口吻。please 是「請…」的意思。

➕ 英語會話　祈使句也可以用來表示邀請或提議，例如 Have some tea.（請喝茶。）或 Use this umbrella.（用這把傘吧。）。另外，也可以用在指引方向的時候，例如 Go straight.（直走。）或 Turn left.（左轉。）。指引方向的時候不會加 please。

■ 從 ⌐⌐⌐ 中選擇適當的單字，填入 ☐ 中。

| wash | use | open | wait | look | stand | write |

(1) 站起來，阿偉。

☐ up, Wei.

(2) 請開門。

Please ☐ the door.
門

(3) 去洗手，瑪莉。

☐ your hands, Mary.
手

(4) 請在這裡等候。

Please ☐ here.

(5) 怡君，用我的鉛筆。

Yijun, ☐ my pencil.
鉛筆

(6) 請把你的名字寫在這裡。

Please ☐ your name here.

(7) 看這張照片。

☐ at this picture.

祈使句

36 「不要做…」「我們做…吧」

Don't... / Let's...

上一課提到，「做…」「請做…」這種祈使句，只要把動詞放在句子的開頭就可以了。

相對的，要表達「不可以做…」「請勿做…」的時候，只要在祈使句前面加上 Don't 就行了。

和一般的祈使句相同，可以加上 please，說成 Please don't open the door.。

要邀請別人一起做某事、提出建議，表示「我們做…吧」的時候，會用 Let's。Let's 後面接動詞。

Don't... 和 Let's... 句型有一個共同的注意事項，就是 Don't 和 Let's 後面都一定要接**動詞**。請記住這裡的動詞都是使用不加 s 的「原本的形態」（原形動詞）。

➕ 溫故知新　　let's 是 let us 的縮寫。let 是表示「讓…做～」的使役動詞，Let us... 原本是表示「請讓我們做…吧」的意思。要表達這一頁學到的「我們做…吧」的意思時，一定要用縮寫的形式 Let's...，而不是 Let us...。

基本練習

■ 請翻譯成英文。

(1) 我們一起唱歌吧。　　　　　　　　　　　　唱歌：sing　　一起：together

----

(2) 我們去公園吧。　　　　　　　　　　　　　　公園：the park

----

(3) 不要在這裡游泳。　　　　　　　　　　游泳：swim　　在這裡：here

----

(4) 我們回家吧。　　　　　　　　　　　　　　　回家：go home

----

(5) 不要打開這個箱子。　　　　　　　　打開：open　　箱子：box

----

(6) 放學後我們打網球吧。　　　　　　　　　　放學後：after school

----

(7) 不要在這裡拍照。　　　　　　　　　　　　拍照：take pictures

----

(8) 不要擔心。　　　　　　　　　　　　　　　　擔心：worry

祈使句

37 「我」、「他」等等的受格

代名詞（受格）

我們在前面學過，表示人物的代名詞有以下兩種形態。

① I、he、she 等當成句子主詞使用的形態〈→p.38〉

② my、his、her 等表示「某人的…」的形態〈→p.40〉

在這一課，我們要再學習另一種變化形。

代名詞表示「行為的對象」時，會變化成下列形態。

接在介系詞後面的時候，也是用這種形態。

人物代名詞的變化整理如下表。

〈單數〉

	當主詞	…的	當受詞
我	I	my	me
你	you	your	you
他	he	his	him
她	she	her	her
它	it	its	it

〈複數〉

	當主詞	…的	當受詞
我們	we	our	us
你們	you	your	you
他們	they	their	them
她們			
它們			

➕ 文法用語　人稱代名詞（I, you, he, she, it, we, they）隨著在句子裡的作用不同，而有三種形態（主格、所有格、受格）的變化（稱為「格的變化」）。這一課學到的「表示對象」的形態，是當動詞或介系詞的受詞時使用的形態，稱為人稱代名詞的「受格」。

基本練習

答案在309頁。
對完答案後，請聽CD跟著唸出英語發音。

mp3
44

■ 在 ◻ 中填入適當的代名詞。

(1) 你認識他嗎？

Do you know ◻ ?

(2) 我愛你。

I love ◻ .
　愛

(3) 請看著我。

Please look at ◻ .
　　　看

(4) 我們幫忙他們吧。

Let's help ◻ .
　　幫助

(5) 注意聽她（說話）。

Listen to ◻ carefully.
　　聽　　　　　　　　　　仔細地

(6) 布朗先生通常和我們一起吃午餐。

Mr. Brown usually has lunch with ◻ .
　　　　　　　　　　　　　午餐

(7) 請不要和我說話。

Please don't talk to ◻ .
　　　　　　　　談話

(8) 他的照片很美。我非常喜歡那些照片。

His pictures are beautiful.　I like ◻ a lot.
　　照片，畫　　　　　　　　　　　　　　　非常

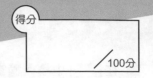

複數形、祈使句、代名詞的變化

1 把（　　）裡的單字改成適當的形態，填入 ⬜ 中。　【各4分，共24分】

(1)　Please help ⬜⬜⬜⬜.　　　　　　　　　　　　（ we ）

(2)　That tall boy is Jim.　Do you know ⬜⬜⬜⬜ ?　（ he ）

(3)　I have a dog and two ⬜⬜⬜⬜.　　　　　　　（ cat ）

(4)　I see some ⬜⬜⬜⬜ over there.　　　　　　　（ child ）
　　　　看到　　　　　　　　在那裡

(5)　I don't have any ⬜⬜⬜⬜.　　　　　　　　　（ brother ）

(6)　This song is popular in many ⬜⬜⬜⬜.　　　（ country ）
　　　　歌　　　受歡迎的

2 選擇適合回答以下問題的答案，將選項代號填入（　　）中。　【各4分，共16分】

(1)　How old is your brother?　　　　　　　　　　（　　）

(2)　How much is this?　　　　　　　　　　　　　（　　）

(3)　How long is English class?　　　　　　　　　（　　）

(4)　How many cars does Mr. Lin have?　　　　　　（　　）

　　a.　It's 500 dollars.　　　　b.　It's forty minutes.
　　c.　He has two.　　　　　　d.　He's eighteen years old.

3 將以下中文翻譯成英文。 【各 10 分，共 60 分】

(1) 你有幾張 CD ？

---

(2) 我很了解他們。　　　　　　　　　　　　　　　　　　　很，頗為：well

---

(3) 請不要打開窗戶。　　　　　　　　　　　打開：open　　窗戶：the window

---

(4) 我們打電話給她吧。　　　　　　　　　　　　　　　　　　打電話：call

---

(5) 她有幾個姐妹？

---

(6) 這座寺廟有多古老？　　　　　　　　　　　　　　　　　　寺廟：temple

---

be 動詞的祈使句

　　一般動詞的祈使句，是像 <u>Wash</u> your hands.（去洗手。）一樣，把動詞原形放在句子的開頭。

　　be 動詞的情況也是一樣，把動詞原形放在句子的開頭就會形成祈使句。be 動詞（am, are, is）的原形是 be。

・Be quiet.（安靜。）　　　　　　　quiet：安靜的（形容詞）
・Be careful.（小心。）　　　　　　careful：小心的（形容詞）
　　be 動詞祈使句的否定形式是 Don't be...。
・Don't be late.（不要遲到。）　　　late：晚的，遲到的（形容詞）
・Don't be shy.（不要害羞。）　　　shy：害羞的（形容詞）

進階學習

可以計數的名詞和不能計數的名詞

　　book（書）、cat（貓）、apple（蘋果）等等可以計算「一個、兩個…」的名詞，稱為可數名詞。相對的，water（水）和 rain（雨）等等不能計算「一個、兩個…」的名詞，稱為不可數名詞。

　　不可數名詞<u>不能加 a 或 an，也沒有複數形</u>。

　　請注意不要把「很多錢」說成 a lot of moneys（╳）（正確的說法是 a lot of money）。

● 不可數名詞的例子

專有名詞 （地名、人名等）	Taiwan（台灣） Mt. Fuji（富士山）	Tom（湯姆〈人名〉） Shulin Station（樹林車站）
語言、科目名稱、運動名稱等	Chinese（中文） science（科學） music（音樂） baseball（棒球）	English（英語） math（數學） tennis（網球） soccer（足球）
表示液體、素材或材料時（物質名詞）	water（水） tea（茶） paper（紙）	milk（牛奶） coffee（咖啡） rain（雨）
其他不會計算「一個、兩個…」，而是視為整體的東西	time（時間） homework（作業）	money（金錢） work（工作）

● 「許多…」等等的說法

	可數名詞…改為複數形	不可數名詞…不改為複數形
許多	<u>a lot of</u> books（很多書）	<u>a lot of</u> water（很多水）
	<u>many</u> books（很多書）	<u>much</u> water（很多水）
一些	<u>some</u> books（一些書）	<u>some</u> water（一些水）
少數，少許	<u>a few</u> books（幾本書）	<u>a little</u> water（一點水）

　　many 和 a few 用於可數名詞，而 much 和 a little 用於不可數名詞。

a 和 the 的用法區分

可數名詞（book, cat, apple 等等）不能以原始的形態單獨使用。如果可數名詞前面沒有表示「…的」的單字（my / your / his 等等）或 this / that 的話，就必須加 a 或 the，或者改為複數形。

不特別指定哪一個，只是表示「一些東西裡的（任何）一個」的時候，會使用 a（如果字首的發音是母音的話，就用 an）。a 表示「（某）一個」的意思，稱為不定冠詞。只有可數名詞可以加上 a。

- I want a new car. （我想要 〈各種新車當中的任何一台〉 新車。）
- My mother is a teacher. （我媽媽是 〈全世界許多老師當中的某一位〉 老師。）

要表示曾經提到的某個特定對象時，會使用 the。the 有「那個」的意思，稱為定冠詞。

- I want the new car. （我想要 〈剛才提到的， 而不是其他的〉 那台新車。）
- My mother is the teacher. （我媽媽是 〈剛才提到的〉 那位老師。）

就算在對話中沒有提到，但如果彼此可以從狀況判斷「一定是指哪個」的時候，也會用 the。

- Please open the door. （請開 〈你眼前的那扇〉 門。）
- My mother is in the kitchen. （我媽媽在 〈自己家裡的〉 廚房裡。）

對於只有一個的事物，也會用 the。

- the sun （太陽）　　• the first train （首班車）　　• the largest country （最大的國家）

統稱「…這種東西」的整體時，會使用複數形。

- I like cats. （我喜歡貓 〈這種動物〉。）
- Elephants drink a lot of water. （大象 〈這種動物〉 喝很多水。）

在下列片語中，則是使用不加 a 也不加 the 的形態。

- go to school （上學 〈去就讀中的學校〉）　　• at home （在 〈自己的〉 家）
- by bus / train （〈交通方式〉 搭公車／火車）　　• watch TV （看電視 〈節目〉）
- have breakfast / lunch / dinner （吃早餐／午餐／晚餐）

38 「現在進行式」是什麼？

首先，讓我們檢視一下目前為止學到的一般動詞句型的意義。

I study English.（我學英語）這個句子，嚴格來說是表示「我平常有學英語的習慣」。請注意這句話不是表示「我現在這一刻正在學習英語」的意思。

上面兩個句子，都是表示「平常一再從事的行為」。這種句子稱為「現在式」的句型。

相對的，表示**「（現在）正在做…」**，也就是強調「現在這一刻正在做什麼」的形態，稱為「現在進行式」。

現在進行式的句型會使用 **be 動詞**（am, are, is），後面接上動詞的 **ing 形**（動詞原形加上 ing 的形態）。

➕ 溫故知新　現在進行式的句子，可以理解為表示現在狀態的「be 動詞句」的其中一種。動詞 ing 形稱為「現在分詞」，具有如同形容詞般表示狀態的功能。

基本練習

答案在309頁。
對完答案後，請聽CD跟著唸出英語發音。

■ **請翻譯成英文。**

(1) 家豪（Jiahao）正在彈鋼琴。

------

(2) 她正在讀一本書。

閱讀：read　　書：a book

(3) 我正在圖書館學習英文。

學習：study　　圖書館裡：in the library

(4) 他們正在客廳看電視。

觀看：watch　　客廳裡：in the living room

(5) 我們正在等公車。

等待…：wait for...　　公車：the bus

(6) 小明（Ming）和阿偉（Wei）正在交談。

談話：talk

(7) 小美（Mei）正在她的房間裡聽音樂。

聽…：listen to...　　音樂：music　　她的房間裡：in her room

(8) 正在下雨。

表示天氣時會用 it 當主詞。　　下雨：rain

39 容易出錯的 ing 形

現在進行式的句型，是在 be 動詞之後接動詞的 ing 形。

大部分動詞的 ing 形，就像 play→playing、study→studying 一樣，直接加上 ing 就可以了，但有一部分的動詞不是這樣。

write（寫）這種以 e 結尾的動詞，要把字尾的 e 去掉再加 ing。

> ① 去掉字尾的 e 加 ing
>
> write（寫） ⇒ writing
> make（做） ⇒ making
> use（用） ⇒ using
> have（吃） ⇒ having

run（跑）則是重複最後一個字母，變成 running。

sit（坐）和 swim（游泳）也是重複最後一個字母。

> ② 重複最後一個字母再加 ing
>
> run（跑） ⇒ running
> sit（坐） ⇒ sitting
> swim（游泳）⇒ swimming

另外，也有本身**不能改為進行式**的動詞。

like（喜歡）、have（擁有）、know（知道）、want（想要）等動詞，因為是表示「狀態」而不是「動作」，所以不能改為進行式。

不能改為進行式！

我認識他。
✗ I am knowing him.
○ I know him.

我有一隻貓。
✗ I am having a cat.
○ I have a cat.

不過，have 有很多種意思，所以像 I'm having lunch.（我正在吃午餐）一樣表示「用餐」的動作時，就可以使用進行式。

⊕ 細說分明 　像 running 一樣要重複最後一個字母的情況，是動詞原形的字尾為〈子音＋有重音的母音＋子音〉的時候。除了 run, sit, swim 以外，還有 get→getting、begin→beginning、put→putting、cut→cutting、stop→stopping 等等。

答案在309頁。
對完答案後，請聽CD跟著唸出英語發音。

mp3 47

現在進行式

■ 寫出以下動詞的 ing 形。

(1) run （跑）

(2) write （寫）

(3) make （做）

(4) sit （坐）

(5) swim （游泳）

(6) use （用）

■ 請翻譯成英文。

(7) 我認識他。

認識：know

- -

(8) 我有一隻貓。

貓：a cat

- -

(9) 他正在吃早餐。

早餐：breakfast

- -

(10) 她想要一支新的手機。

新的手機：a new cell phone

- -

40 進行式的否定句、疑問句

因為現在進行式是使用 be 動詞的句型，所以否定句、疑問句的形成方式和前面學過的 be 動詞否定句〈→p.52〉、疑問句〈→p.62〉完全相同。

否定句型，只要在 be 動詞（am, are, is）後面加上 not 就行了，意思是「（現在）沒有在做…」。

我沒在看電視。

I'm not watching TV.

be 動詞後面加上 not 就是　否定句！

句子用 be 動詞開頭，就是表示「（現在）在做…嗎」的疑問句。和 be 動詞疑問句的回答方式〈→p.64〉相同，是用 be 動詞來回答。

在睡覺嗎？

Is she sleeping?

句子用 be 動詞開頭就是　疑問句！

回答法
是　Yes, she is.
不　No, she is not.

只要完全學會以前學過的 be 動詞否定句、疑問句，就很簡單了。

因為現在進行式是使用 be 動詞的句子，所以不會用 do 或 does。請注意不要和一般動詞現在式的否定句、疑問句搞混。

使用 be 動詞。
O Are you watching TV?
✕ Do you watching TV?
　不使用 Do 或 Does！

➕ 英語會話　「我住在台北」通常是用現在式 I live in Taipei. 來表達。如果用現在進行式 I'm living in Taipei. 的話，就會變成「我現在（暫時）住在台北」的意思。

基本練習

答案在310頁。
對完答案後，請聽CD跟著唸出英語發音。

mp3
48

■ 請翻譯成英文。

(1) 我沒在看電視。

_____

(2) 他們沒有在交談。 　　　　　　　　　　談話：talk

_____

(3) 小明（Ming）沒有在唸書。

_____

■ 請翻譯成英文，然後分別以 ①是 和 ②不 回答問題。

（例） 她在睡覺嗎？

　　Is she sleeping?
_____

　　→ ①　Yes, she is.　　　　②　No, she isn't.

(4) 你在等喬治（George）嗎？ 　　　　　等待…：wait for...

_____

　　→ ① _____ ② _____

(5) 他在跑步嗎？ 　　　　　　　　　　　　　跑：run

_____

　　→ ① _____ ② _____

(6) 家豪（Jiahao）和怡君（Yijun）在打網球嗎？

_____

　　→ ① _____ ② _____

(7) 你有在聽我說話嗎？ 　　　　　聽我說話：listen to me

_____

　　→ ① _____ ② _____

41 「現在在做什麼？」

在上一課，我們學到了詢問「Yes 或 No」的現在進行式疑問句。在這一課，我們要學習詢問「（現在）在做什麼」的疑問句。

「你在做什麼？」是用 What are you doing? 來詢問。（這裡的 doing 是表示「做」的動詞 do 的 ing 形。）

對於這個問題，要用現在進行式具體回答現在在做的事。

What are you <u>doing</u>? 的 doing 也可以換成其他動詞。

另外，也請記住 Who is ...? 句型可以用來問「誰在做…？」

➕ 細說分明　What are you doing? 這個句子的主詞是 you（你），而 What（什麼）是受詞。但 Who is playing the piano? 的疑問詞 Who（誰）是主詞。請把後面的句子想成只是把 She is playing the piano. 裡的 She 換成 Who 而已。

基本練習

答案在310頁。
對完答案後，請聽CD跟著唸出英語發音。

■ 請翻譯成英文。

(1) 你在做什麼？

----

(2) 小明（Ming）在做什麼？

----

(3) 他們在教室做什麼？　　　　　　　　　教室裡：in the classroom

----

(4) 你在做什麼東西？　　　　　　　　　　　　　做：make

----

(5) 誰在彈鋼琴？

■ 請依照（　　）裡的內容，用英文回答以下問題。

(6) What are you doing? （→我在等鮑伯（Bob）。）

等待…：wait for...

(7) What is Ms. Wang doing? （→她在寫電子郵件。）

寫：write　　電子郵件：an e-mail

(8) What is he making? （→在做三明治。）

三明治：sandwiches

109

解答在310頁

對完答案後，請聽CD跟著唸出英語發音。

mp3 50

現在進行式

1 請從（　　）中選出適當的答案，用○圈起來。 【各3分，共15分】

(1) （ Do / Are / Is ） you studying, Jiahao?

(2) （ I know / I'm knowing ） Mr. Lin very well.
非常 充分地

(3) He（ not / doesn't / isn't ） reading a book.

(4) Where's Yating？ – She（watches / is watching）TV in her room.

(5) （ Do you have / Are you having ） a pen? – Yes.　Here you are.
給你。

2 請依照（　　）裡的內容，回答以下問題。 【各5分，共25分】

(1) Is your brother studying in the library?　（→是）
圖書館

----

(2) What are you doing?　（→和怡君（Yijun）吃午餐）

吃：have　午餐：lunch

(3) What are they doing?　（→游泳）

游泳：swim

(4) What's Mr. Lin doing?　（→聽音樂）

聽…：listen to...　音樂：music

(5) Who's playing the piano?　（→我媽媽）

----

3 把以下的中文翻譯成英文。

【各 10 分，共 60 分】

(1) 我媽媽正在廚房煮飯。　　　　　　　　煮飯：cook　　廚房裡：in the kitchen

----

(2) 你在寫信嗎？　　　　　　　　　　　　書寫：write　　信：a letter

----

(3) 他正在校園裡跑步。　　　　　　　　　跑：run　　校園裡：in the schoolyard

----

(4) 你在做什麼？

----

(5) 東京（Tokyo）在下雨嗎？　　　　　　下雨（動詞）：rain

----

(6) 我沒有在睡覺。　　　　　　　　　　　睡覺：sleep

各種慣用語和會話說法

□ look at ～	看…，注視…	□ listen to ～	聽…，傾聽…
□ get to ～	到達…	□ wait for ～	等待…
□ stand up	站起來	□ sit down	坐下
□ get up	起床	□ go to bed	上床睡覺
□ go shopping	去購物	□ take a picture	拍照
□ I see.	我明白了。	□ That's right.	沒錯。
□ Thank you for ～.	謝謝你的…。	□ You're welcome.	不客氣。
□ How about you?	那你呢？	□ Here you are.	（將物品遞出時）給你。

進階學習

42 「過去式」是什麼？

在英語裡，要表示過去的事情，例如「昨天做了…」時，會把動詞改成**過去式**的形態。

大部分的動詞，是在原形後面加上 ed 形成過去式。

表示「過去的什麼時候」時，經常使用以下詞語。

- 昨天 ➡ yesterday
- 上一個‧昨天的～ ➡ last～
  - 昨晚 ➡ last night
  - 上禮拜 ➡ last week
  - 上禮拜日 ➡ last Sunday
- （距離現在）多久之前 ➡ ～ago
  - 一小時前 ➡ an hour ago
  - 五天前 ➡ five days ago
  - 兩年前 ➡ two years ago

與現在式不同，一般動詞的過去式不會隨著主詞而有不同的變化。

➕ 細說分明　過去式的 ed 基本上是發 [d] 的音，但如果前面的發音（原形的字尾發音）是 [p] [k] [f] [s] [□] [□] 的話，發音就會是 [t]。另外，如果字尾是 [t] 或 [d] 的話，發音則是 [ɪd]。

基本練習

■ 請翻譯成英文。

(1) 我昨天晚上看了電視。

----

(2) 我們昨天打了棒球。　　　　　　　　　　　　　　　棒球：baseball

----

(3) 十年前他幫助過我們。　　　　　　　　　　　　　　幫助：help

----

(4) 雅婷（Yating）上禮拜拜訪了她的叔叔。　　　拜訪：visit　　叔叔：uncle

----

(5) 我上禮拜日和鮑伯（Bob）說過話。　　　　　　和…談話：talk with...

----

(6) 她上禮拜一走路到學校。

----

(7) 他一小時前打了電話給我。　　　　　　　　　　　　打電話：call

----

(8) 他突然看著我。　　　　　　　　　突然：suddenly　　看…：look at...

----

43 要特別注意的過去式

表達過去發生的事情時，要把動詞改為過去式。

動詞的過去式，基本上都是像 play→played、watch→watched 一樣，只要加上 ed 就可以了，但也有很多動詞並不是這樣。

live（住）這種字尾為 e 的動詞，只要加上 d 就好。

live（住）	⇨ lived
like（喜歡）	⇨ liked
use（用）	⇨ used

study（學習）是把字尾的 y 改成 i 並且加上 ed，變成 studied。

stop（停止）則是重覆最後一個字母，變成 stopped。

另外，還有一些過去式不是 -ed 形的動詞。這些動詞稱為**不規則動詞**。

👋 主要的不規則動詞

go（去）	⇨ went	see（看到）	⇨ saw
come（來）	⇨ came	make（做）	⇨ made
have（擁有）	⇨ had	read（閱讀）[rid]	⇨ read [rɛd] 只有發音改變
get（得到）	⇨ got	write（寫）	⇨ wrote

除了這些以外，還有一些不規則動詞。碰到其他不規則動詞的時候，再一個一個背起來吧。

➕ 細說分明　用比較嚴謹的方式來說的話，當動詞字尾是「a, e, i, o, u 以外的字母＋y」的時候，就要把 y 改成 i 再加 ed。除了 study 以外，還有 carry（搬運）→carried、cry（哭）→cried、try（嘗試）→tried 等等。

基本練習

過去式

■ 把下列動詞改成過去式。

(1) have ⬚ (2) see ⬚

(3) like ⬚ (4) write ⬚

(5) use ⬚ (6) make ⬚

(7) read ⬚ (8) stop ⬚

■ 請翻譯成英文。

(9) 我上週去了夏威夷（Hawaii）。

----

(10) 我昨晚唸了英文。

----

(11) 吉姆（Jim）兩個禮拜前來到日本（Japan）。

----

(12) 瓊斯先生（Mr. Jones）三年前住在東京（Tokyo）。

----

(13) 她今天早上八點起床。　　　　　　　　起床：get up　　今天早上：this morning

----

44 過去式的否定句

過去式的否定句，是在動詞前面加上 did not（縮寫是 didn't）。（did 是 do 和 does 的過去式。）

did not 的後面要使用動詞原形（沒有變化過的原始形態）。

一般動詞現在式的否定句，隨著主詞不同，而有 do not（縮寫是 don't）和 does not（縮寫是 doesn't）等不同形態。但是，過去式的否定句並沒有這種區分。不管主詞是什麼，都是用 did not（didn't）。

否定句使用的動詞是「原形」。把動詞變成過去式是常見的錯誤，請特別注意。

➕ 溫故知新　did not（didn't）的 did 和現在式否定句型中 do not（don't）的 do 一樣，是助動詞，所以後面接的動詞是原形。

基本練習

答案在310頁。
對完答案後,請聽CD跟著唸出英語發音。

■ **請改寫成否定句。**

(1) He had a cell phone.

手機:cell pone

---

(2) They used this room.

---

(3) I saw her at the party.

saw:see(看到,見面)的過去式

■ **請翻譯成英文。**

(4) 我昨天沒去學校。

---

(5) 他昨晚沒有看電視。

---

(6) 瑪莉亞(Maria)上禮拜日沒有來練習。

練習:practice

(7) 他們昨天晚上沒睡。

睡覺:sleep

(8) 我今天早上沒吃早餐。

吃:have

45 過去式的疑問句

針對過去的事情，詢問「做了…嗎？」的疑問句，是用 Did 開頭。在疑問句中，動詞使用原形。

對於 Did...? 疑問句，通常會用 Yes, ... did. 或 No, ... did not.（縮寫是 didn't）回答。

現在式的疑問句，隨著主詞不同，會分別使用 Do 和 Does。但過去式的疑問句，不管主詞是什麼，都是用 Did。

疑問句中使用的動詞是「原形」。把動詞變成過去式是常見的錯誤，請特別注意。

➕ 英語會話 過去式的句子並不是非得加 yesterday 等「表示過去的詞語」不可。像 Did you call?（你打了電話嗎？）、Did you see that?（你有看到那個嗎？）、Did you like it?（你喜歡嗎？）一樣，即使沒有表示過去的詞語，仍然使用過去式的情況，是很常見的。

基本練習

過去式

■ **請改寫成疑問句。**

(1) She played tennis yesterday.

_____

(2) You wrote this letter.   letter：信件

_____

(3) They came to Japan last month.

_____

(4) She made this cake.   cake：蛋糕

_____

■ **請翻譯成英文，並且分別以 ①是 和 ②不 回答。**

（例） 你昨天晚上看了電視嗎？

　　　　Did you watch TV last night?

_____

　→ ①　Yes, I did.　　　②　No, I didn't.

(5) 你媽媽今天早上有吃早餐嗎？

_____
吃：have

　→ ①_____　②_____

(6) 你是否享受那場演場會呢？

_____
享受：enjoy　　演唱會：the concert

　→ ①_____　②_____

(7) 你上個禮拜六有去學校嗎？

_____

　→ ①_____　②_____

46 「做了什麼？」

　　要具體詢問過去的事情，例如「做了什麼」、「吃了什麼」的時候，會把疑問詞 What 放在句子開頭，後面接 did you...、did he... 等等。對於這種問句，要用過去式的句子具體回答。

　　除了 What 之外，還有其他疑問詞。把 What 換成 When（什麼時候）、Where（哪裡）、What time（幾點）、How（怎麼樣）等疑問詞，就可以詢問各種事情。

➕ 細說分明　　疑問詞是主詞的時候，就會像 What happened?（發生了什麼事？）、Who made this?（誰做了這個？）一樣，不使用 did，以〈疑問詞＋動詞…？〉的語序表達。

■ **請翻譯成英文。**

(1) 你上禮拜日做了什麼？

----

(2) 你什麼時候見到他的？

看見，看到：see

(3) 史密斯小姐（Ms. Smith）什麼時候來台灣的？

----

(4) 你今天早上幾點起床的？

起床：get up

(5) 你昨天去了哪裡？

----

(6) 你怎麼得到這隻手錶的？

得到：get　　手錶：watch

(7) 你吃了什麼當早餐？

吃：have　　當成：for...

(8) 你怎麼學中文的？

學習：learn

過去式

47 was 和 were

be 動詞過去式的句子

談到過去的事情，要用動詞的過去式對吧。be 動詞的句子也是一樣。要表示過去的事情，例如「過去是…」「過去在…」的時候，要使用 be 動詞的過去式（was 或 were）。

現在式

現在 He is full.
他（現在）很飽。

吃飽啦～

過去式

一小時前 He was hungry.
他（過去）很餓。

咕嚕～

be 動詞的現在式，隨著主詞不同，而有 am, is, are 三種形式，但過去式只有 was 和 were 兩種。

主詞是 I 或第三人稱單數（he, she, this 等等）的時候，要用 was。am 和 is 的過去式是 was。

I was busy yesterday.

she was busy yesterday.
…昨天很忙。

主詞是 I 或第三人稱單數的話，就用 was！

主詞是 you 或複數（we, they, the boys 的時候），要用 were。are 的過去式是 were。

You were tired last night.
你昨天晚上很累。

You 或複數就用 were！

➕ 英語會話　It was... 是經常用來回答「（電影、書、活動、考試等等）怎麼樣？」（How was...?）的句型，表示感想。可以說 It was good.（很好。）、It was great.（很棒。）、It was interesting.（很有趣。）、It was exciting.（很刺激。）、It was difficult.（很難。）。

122

■ 在 ☐ 中填入 was 或 were。

(1) 我昨天生病。

I ☐ sick yesterday.
　　　　生病的

(2) 你今天過得很忙。

You ☐ very busy today.
　　　　忙的

(3) 我爸爸上禮拜在高雄。

My father ☐ in Kaohsiung last week.

(4) 家豪（Jiahao）和俊彥（Junyan）那時候十二歲。

Jiahao and Junyan ☐ twelve then.
　　　　　　　那時候

■ 請用過去式翻譯成英文。

(5) 那本書很有趣。　　　　　　　　　　　　　　　　有趣的：interesting

----

(6) 我們一小時之前在圖書館。　　　　　　　　　　　圖書館裡：in the library

----

(7) 海倫（Helen）今天上學遲到了。　　　　　　　　遲到：be late for...

----

48 was, were 的否定句

be 動詞現在式的句子，是像 I am <u>not</u> hungry. 一樣，在 be 動詞後面加 not，表示「我<u>不</u>餓。」

過去式的句子也是一樣。表示「過去不是…」的過去式否定句，只要在 was, were 的後面加上 not 就行了。

表示「過去不在…」的意義時，句型也是一樣。

I was [not] in Tokyo then.
我那時候不在東京。

過去式的否定句也經常使用縮寫。
縮寫的形式是 was not→**wasn't**、were not→**weren't**。

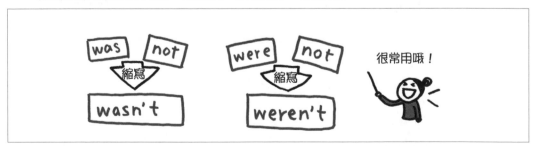

➕ **細說分明**　要表示強烈的否定「完全不…」的時候，會在否定句的最後加上 at all。The movie was not interesting at all.（那部電影一點也不有趣。）

基本練習

答案在311頁。
對完答案後，請聽CD跟著唸出英語發音。

mp3
57

過去式

■ 請改寫成否定句。

(1) It was sunny in Tokyo last Saturday.

sunny：晴朗的

----

(2) The questions were difficult.

question：問題，題目　difficult：困難的

----

(3) He was good at baseball.

be good at...：擅長⋯

■ 請翻譯成英文。

(4) 他們（過去）不富裕。

富裕的：rich

----

(5) 我上禮拜不忙。

----

(6) 我們那時候不在家。

在家：home　那時候：then

----

(7) 我（過去）不快樂。

快樂的：happy

----

49 was, were 的疑問句

be 動詞現在式的疑問句，是把 be 動詞放在句子的開頭，例如 Is he...?、Are you...?，可以用來詢問「Yes 或 No」。

過去式的情況也一樣，be 動詞的疑問句是把 be 動詞（was, were）放在句子開頭。主詞是第三人稱單數的時候，形態是 Was...?；而主詞是 you 或複數的時候，形態是 Were...?。

對於 Was...? 和 Were...? 疑問句，要在回答 Yes, No 之後使用 was 或 were。要使用 was 或 were，是依照答句的主詞決定的。

對於 Were you...?（你過去…嗎？）這種問句，會回答 Yes I was. / No, I was not [wasn't].。

➕ 細說分明　What is...? 和 Where is...? 這種使用疑問詞的疑問句也是一樣，只要使用 was, were 就能形成過去式。What was the problem?（是什麼問題？）、Where were you?（你當時在哪裡？）、How was the party?（派對怎麼樣？）

■ 請改寫成疑問句。

(1) The test was difficult.

test：測驗

----

(2) They were kind to Ken.

be kind to...：對…很親切

----

(3) You were tired then.

tired：累的　then：那時候

■ 請翻譯成英文，然後分別回答 ①是 和 ②不。

（例）你當時肚子餓嗎？

　　　Were you hungry?

　→　①　Yes, I was.　　　②　No, I wasn't.

(4) 他們那時候在教室嗎？

教室裡：in the classroom

　→　①　　　　　　　　　　②

(5) 上禮拜一很熱嗎？

熱的：hot

　→　①　　　　　　　　　　②

(6) 你昨天生病嗎？

生病的：sick

　→　①　　　　　　　　　　②

50 過去式句型整理

這一課要複習目前為止學過的一般動詞和 be 動詞過去式句型。

一般動詞基本上只要加上 ed 就是過去式，但也有不規則動詞。

be 動詞的過去式是：am, is→**was**、are→**were**。

〈一般動詞的句子〉			〈be 動詞的句子〉		
I			I	was	
He	played	...	He		...
You	等等		You	were	
They			They		

至於否定句型，一般動詞是在動詞前面加上 didn't（did not）。請注意動詞都是使用**原形**（沒有變化的原始形態）。

be 動詞的否定句，則是在 was, were 後面加上 not。

I		play		I	was not	
He	did not	等	...	He	〔wasn't〕	...
You	〔didn't〕	動詞的		You	were not	
They		原形		They	〔weren't〕	

疑問句的句型，一般動詞是用 Did 開頭。動詞都是使用**原形**。

be 動詞的疑問句，是用 Was, Were 開頭。

Did	I	play		Was	I	
	he	等			he	
	you	動詞的	...?	Were	you	...?
	they	原形			they	

回答法：Yes, ... did.　　　　　回答法：Yes, ... was [were].
　　　　No, ... didn't.　　　　　　　　　No, ... wasn't [weren't].

➕ **文法用語**　　在英語文法裡，現在和過去的區分稱為「時態」。動詞現在式表示「現在時態」，過去式表示「過去時態」。

基本練習

■ 把（ ）裡的單字改成適當的形態，並且填入 ___ 中。

(1) 我昨天很忙。

I [____] busy yesterday. （am）

(2) 小美（Mei）上禮拜六舉辦了一場派對。

Mei [____] a party last Saturday. （have）

(3) 鮑伯（Bob）和我以前是同一間學校的學生。

Bob and I [____] students at the same school. （are）
相同的

(4) 我去年夏天去了台南。那是我第一次去那裡旅行。

I [____] to Tainan last summer. （go）

It [____] my first trip there. （is）
第一次的 旅行

■ 請翻譯成英文。

(5) 我昨天晚上沒有看電視。

----

(6) 他們對你親切嗎？   對…親切：be kind to...

----

(7) 你今天早上起床起得早嗎？   起床：get up   很早地：early

----

(8) 你上週末做了什麼？   上次的：last   週末：weekend

過去式

51 「過去進行式」是什麼？

表示「（現在）正在做…」，也就是「這一刻正在進行某事」的時候，要使用 be 動詞（am, is, are）後面接動詞 ing 形的現在進行式句型，還記得吧。

而要表示「（當時）正在做…」，也就是過去某個時間點正在進行的事情時，則是使用**過去進行式**。

過去進行式的句子，是在 be 動詞過去式（was , were）後面接**動詞 ing 形**。請把現在式、現在進行式拿來和過去式、過去進行式比較看看。

現在進行式和過去進行式的差別，就只有 be 動詞是現在式（am, is, are）或過去式（was, were）而已。

關於動詞 ing 形的形成方式，請查看 p.104 再確認一次。

➕ 溫故知新　　因為過去進行式是表示過去某個時間點的狀態，所以經常和 p.186 會學到的 when（當…的時候）一起使用。It was raining when I got up.（我起床的時候在下雨。）

基本練習

■ 完成以下過去進行式的句子。

(1) 我們那時候正在客廳看電視。

We ☐☐☐☐☐☐☐ TV in the living room then.
　　　　　　　　　　　　　客廳

(2) 我（當時）正和露西在公園跑步。

I ☐☐☐☐☐☐☐ with Lucy in the park.

(3) 佩玲（Peiling）那時候正在寫信。

Peiling ☐☐☐☐☐☐☐ a letter then.
　　　　　　　　　　　　信件

■ 請翻譯成英文。

(4) 我姊姊那時候正在廚房做菜。　　　　　　姊姊：sister　廚房：the kitchen

----

(5) 他們（當時）正在圖書館唸書。　　　　　　　　　圖書館：the library

----

(6) 鮑伯（Bob）和我（當時）正在講電話。　　　　講電話：talk on the phone

----

(7) 兩小時前在下雨。　　　　　　　　　　　　　　　　下雨：rain

過去進行式

52 過去進行式的否定句、疑問句

因為過去進行式是使用 be 動詞的句型，所以形成否定句、疑問句的方法和 was, were 的否定句（→p.124）、疑問句（→p.126）完全一樣。

在 was, were 後面加上 not，就會形成表示「當時沒在做…」的否定句型。

把 was, were 放在句首，就會形成表示「當時在做…嗎？」的疑問句型。

「當時在做什麼」則是用 What was [were] ... doing? 的句型詢問。

對於這個問題，要用過去進行式回答「當時在做的事」。

細說分明 過去進行式是表示在某個時間點、某個瞬間「正在進行中」的事情，和中文的「在做…」並不完全相同。例如中文問「你昨天在幹嘛？」的情況，與其說 What were you doing yesterday?，還不如說 What did you do yesterday?，會比較自然。

基本練習

答案在311頁。
對完答案後，請聽CD跟著唸出英語發音。

■ **請翻譯成英文。**

(1) 小明（Ming）那時候沒在唸書。

- -

(2) 他們（當時）沒在講話。　　　　　　　　　　　　　交談：talk

- -

(3) 淑芬（Shufen）那時候沒在彈鋼琴。

- -

■ **請翻譯成英文，並且依照（　　）裡的內容回答。**

(4) 你（當時）在等公車嗎？（→是）　　　　　　等待…：wait for...

- -

→ -

(5) 那時候台中（Taichung）在下雨嗎？（→不）

- -

→ -

(6) 你那時候在做什麼？（→看電視）

- -

→ -

過去進行式

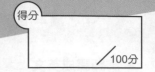
解答在311頁

對完答案後，請聽CD跟著唸出英語發音。

過去式的句型

1 選擇適當的動詞填入 □ 中，必要時請改變動詞的形態。同一個動詞可以使用兩次。　　　　　　　　　　　　　　　　　　　　　　　【各5分，共25分】

> be　come　take　watch

(1)　I went to the lake and □ a lot of pictures there.
　　　　　　　　　　　湖　　　　　　　　　　　　照片

(2)　Ken and George □ talking in the classroom then.
　　　　　　　　　　　　　　　　　　　　　教室

(3)　Mr. White □ to Taiwan two years ago.

(4)　It □ sunny in Kaohsiung last Friday.
　　　　　晴朗的

(5)　Peiling was □ TV with Jiahao then.

2 請依照（　）裡的內容，用英文回答以下問題。　　　　　【各5分，共15分】

(1)　Was your father at home at six yesterday?　（→是）　　　at home：在家

　　---

(2)　What did you do last Sunday?　（→和我妹妹打網球）

　　---

(3)　What time did you go to bed last night?　（→十一點）　　go to bed：上床睡覺

　　---

3 請把中文翻譯成英文。

【各 10 分，共 60 分】

(1) 我去年是學生。　　　　　　　　　　　　　　　　　　學生：a student

- -

(2) 我們上禮拜在沖繩（Okinawa）。

- -

(3) 他今天早上七點起床。

- -

(4) 昨天晚上不冷。　　　　　　　　　　　　　　　　　　　冷的：cold

- -

(5) 你昨天有唸英文嗎？

- -

(6) 你（當時）正在房間裡做什麼？　　　　　　　　　　　你的房間裡：in your room

- -

各種不規則動詞

除了 p.114 介紹的動詞以外，還有很多重要的不規則動詞。每當碰到的時候，就背起來吧。

☐ begin（開始）	began	☐ buy（買）	bought	☐ find（找到）	found
☐ give（給予）	gave	☐ hear（聽到）	heard	☐ know（知道）	knew
☐ leave（離開）	left	☐ meet（見面）	met	☐ see（看到）	saw
☐ take（拿）	took	☐ tell（告訴）	told	☐ think（思考）	thought

進階學習

各種介系詞

介系詞是放在名詞或代名詞前面使用的詞語（→p.46）。接下來，我們就看看各種介系詞的意義與用法。

● in, on, at 的用法區分

in	「在（某個空間）之中」	in the box（在箱子裡） in the kitchen（在廚房裡） in Japan（在日本）
	年、月、季節	in 2012（在 2012 年） in June（在六月） in winter（在冬天）
on	「在…上面」 「在…的表面上」	on the table（在桌子上） on the wall（在牆上）
	日期、星期	on May 5（在 5 月 5 日） on Monday（在星期一）
at	「在某個地點上」	at the door（在門口） at the bus top（在公車站）
	時刻	at six（在六點） at 10:30（在 10 點 30 分）

●各種介系詞

before	「在…之前」	before dinner（晚餐前）
after	「在…之後」	after school（放學後）
from	「來自…」	a letter from him（他寄來的信）
to	「往…」	go to school（去學校）
with	「和…一起」	go with him（和他一起去）
without	「沒有…」	live without water（生活在沒有水的情況）

for	「為了…」 「對於…而言」	buy a present <u>for</u> him （買禮物給他）
	表達時間長度 「…（分鐘／天）」	walk <u>for</u> ten minutes（走十分鐘） stay there <u>for</u> two weeks （在那裡待兩個禮拜）
of	「…的」	the name <u>of</u> the song （這首歌的名字）
as	「作為…」	work <u>as</u> a volunteer（以義工的身分工作）
like	「像…一樣」	fly <u>like</u> a bird（像鳥一樣飛翔） That cloud look <u>like</u> a fish. （那朵雲看起來像一條魚。）
over	「在…上方」而不接觸 「超過…」	fly <u>over</u> the house（飛過房子上方） <u>over</u> $100（超過 100 美元）
under	「在…下方」而不接觸 「低於…」	<u>under</u> the table（在桌子下） <u>under</u> 20 years old（未滿 20 歲）
about	「關於…」	talk <u>about</u> it（談論它）
around	「在…周圍」	walk <u>around</u> the house （在房子周圍散步）
near	「在…附近」	<u>near</u> my house（在我家附近）
by	「用…」、「藉由…」	<u>by</u> bus（搭公車）
	表示期限「在…之前」	come back <u>by</u> ten （在十點之前回來）
until	「一直到…為止」	wait <u>until</u> ten（等到十點為止）
between	「在（兩者）之間」	<u>between</u> A and B（在 A 和 B 之間）
among	「在（三者以上）之間」	popular <u>among</u> young people （在年輕人之間受歡迎的）
in front of	表示場所「在…前面」	stand <u>in front of</u> the door （站在門前）

53 表示未來的 be going to

在學習未來式的句型之前，讓我們先複習現在式和過去式的句子。

要表示「每天早上跑步」這種平常在做的事，會用現在式；「上禮拜去了夏威夷」這種過去的事情，則會用過去式。動詞形態會有所不同對吧。

要表示「明天打算做…」這種「即將發生的事」時，不必改變動詞的形態，只要在主詞和動詞中間加上 be going to 就行了。be 就是 be 動詞。

有兩點要注意： be 動詞要配合主詞，分別使用 am, are, is 等形態。 to 後面的動詞都是用原形。

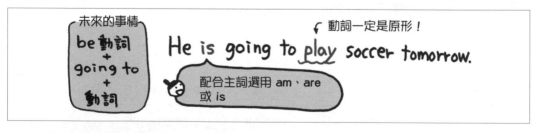

關於 tomorrow（明天）等等表示未來的詞語，請參考 p.149。

➕ 細說分明　要表示已經確實決定的預定或計畫時，也會用現在進行式表示未來，例如 I'm meeting Yating tomorrow.（我明天要和雅婷見面）。

■ 請翻譯成英文。

(1) 我明天要打網球。

_____ tomorrow.

(2) 怡君（Yijun）下禮拜要和她的朋友見面。

_____ next week.

和…見面：meet　　她的朋友：her friend

(3) 他今年夏天要拜訪中國。

_____ this summer.

中國：China

(4) 我這個週末要去購物。

_____

去購物：go shopping　　這個週末：this weekend

(5) 我們明天要打掃公園。

_____

打掃：clean　　公園：the park

(6) 我媽媽下禮拜一要去音樂會。

_____

音樂會：a concert　　下禮拜一：next Monday

(7) 強生先生（Mr. Johnson）明年要來日本。

_____

明年：next year

(8) 對不起，我會晚到。

I'm sorry. _____

遲到：be late

未來式的說法

54 be going to 的否定句和疑問句

因為 be going to... 是使用 be 動詞的句型，所以否定句、疑問句的形成方式，和 be 動詞的句子完全相同。

要形成否定句，只需要在 be 動詞（am, is, are）後面加上 not，意思是「不打算做…」「應該不會…」。

把 be 動詞放在句子的開頭，就會形成表示「打算做…嗎？」「會做…嗎？」的疑問句。請依照主詞選擇使用正確的 be 動詞。

be going to... 的否定句、疑問句不會用 do 或 does。此外，to 後面的動詞都是原形。

➕ 英語會話 在非正式的口語中，有時候會把 going to 縮短成 gonna。例如 I'm going to play tennis. 就會被說成 I'm gonna play tennis.。

基本練習

■ 請翻譯成英文。

(1) 我今天不會吃晚餐。

_____

吃：have　　晚餐：dinner

(2) 她們放學後不會打籃球。

_____

籃球：basketball　　放學後：after school

■ 請翻譯成英文，然後分別回答 ①是 和 ②不。

（例） 你放學後會打網球嗎？

　　Are you going to play tennis after school?

　→　① Yes, I am.　　② No, I'm not.

(3) 他明天會來這裡嗎？

_____

　→　① _____　② _____

(4) 你今天晚上會做作業嗎？　　做（你的）作業：do your homework　在今天晚上：tonight

_____

　→　① _____　② _____

(5) 他們八月會拜訪澳洲嗎？　　澳洲：Australia

_____

　→　① _____　② _____

(6) 你會買這本新書嗎？　　買：buy

_____

　→　① _____　② _____

未來式的說法

141

55 「你要做什麼？」

詢問「什麼？」的時候，句子是用疑問詞 What 開頭對吧。

「你要做什麼？」則是用 What are you going to do? 來詢問。（這裡的 do 是表示「做」的動詞。）對於這個問題，要用 be going to... 句型，具體回答要做的事。

What are you going to do? 的 do，也可以換成別的動詞。另外，也可以把 What 換成 When（什麼時候）、Where（哪裡）、How long（多久）、What time（幾點），詢問各種事項。

➕ 細說分明　be going to... 也可以使用過去式 was[were] going to...，表示「當時打算要做⋯」的意思，也就是在過去時間點決定好的預定事項。

基本練習

■ **請翻譯成英文。**

(1) 你明天要做什麼？

----

(2) 小明（Ming）這個週末要做什麼？

----

(3) 你什麼時候要拜訪南投（Nantou）？

----

(4) 他要去哪裡？

----

(5) 你預計在那裡停留多久？　　　　　　停留：stay　　在那裡：there

----

(6) 你明天打算幾點起床？

■ **依照（　　）裡的內容，用英文回答以下問題。**

(7) **What are you going to do tomorrow?**
（→我要去購物）　　　　　　　　　去購物：go shopping

----

(8) **Where is your sister going to visit?**
（→她要拜訪加拿大）　　　　　　　加拿大：Canada

未來式的說法

143

56 表示未來的 will

除了使用 be going to 以外，還有另一種表示未來的說法。在動詞前面加上 will，就成為表示未來的句子，意思是「會做…」、「應該會…」。

will 的形態不會隨主詞而有所變化，而且後面接的動詞都是原形。

在會話中，經常會使用縮寫的形式。除了右邊的例子以外，還有 You'll, We'll, It'll, They'll。

雖然 will 和 be going to... 都表示「未來」，但它們的意思並不完全相同。

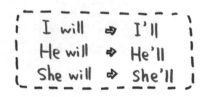

🔵 溫故知新　will 和 can（→p.150）一樣，是「助動詞」，作用是為動詞加上「會做…」「應該會…」等說話者的情緒或判斷。和 can 一樣，後面的動詞都是用原形。

基本練習

答案在312頁。
對完答案後，請聽CD跟著唸出英語發音。

mp3 66

■ **請使用 will 翻譯成英文。**

(1) 你會是個好老師。

_____

(2) 他會幫助怡君（Yijun）。

幫助：help

_____

(3) 我明天會打電話給他。

_____

(4) 我會和你一起去。

和…一起：with

_____

(5) 我會提你的包包。

提，搬：carry

_____

(6) 她們很快會回來。

回來：be back　　不久，很快：soon

_____

(7) 我們今天下午有空。

空閒的：free　　今天下午：this afternoon

_____

(8) 明天會是陰天。

陰天的：cloudy

_____

未來式的說法

will 的否定句和疑問句

用 will 表達「不會做…」「應該不會…」的時候，要在動詞前面加上 will not（縮寫是 won't）。

will 的疑問句是用 will 開頭。主詞是 you 的話就是 Will you...?，主詞是 he 的話就是 Will he...?

Will...? 疑問句通常是用 Yes, ... will. 或 No, ... will not. 的句型回答。will not 經常縮短成 won't。

使用 will 的句子，動詞都是用原形，請特別注意。

⊕ **英語會話**　雖然在國中並不會學到 be going to 和 will 的意義差異，但在實際對話時，如果要談論或詢問「預定事項」的話，通常使用 be going to 是比較自然的。Will you...? 也可以表示「可以幫我做…嗎？」這種請求的意思（→p.158）。

基本練習

答案在312頁。
對完答案後，請聽CD跟著唸出英語發音。

mp3 67

■ **請使用 will 翻譯成英文。**

(1) 我今天不會打電動。　　　　　　　　　　　　　　　　電視遊樂器的遊戲：video games

----

(2) 怡芳（Yifang）下禮拜不會去那裡。

----

(3) 我今天晚上不會遲到。　　　　　　　　　　　　　　　　　　　　　遲到的：late

■ **請翻譯成英文，然後分別回答 ①是 和 ②不。**

（例）　你下禮拜六會在家嗎？

　　Will you be at home next Saturday?

　　→　① 　Yes, I will.　　　　　② 　No, I won't.

(4) 小明（Ming）稍後會打電話給家豪（Jiahao）嗎？　　打電話：call　　稍後：later

　　→　①　　　　　　　　　　　②

(5) 林老師（Ms. Lin）八點會來嗎？

　　→　①　　　　　　　　　　　②

(6) 明天會是晴天嗎？　　　　　　　　　　　　　　　　　　　　　晴朗的：sunny

　　→　①　　　　　　　　　　　②

未來式的說法

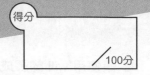
解答在312頁

對完答案後，請聽CD跟著唸出英語發音。

表示未來的句子

1 從（　　）中選擇適當的答案，用○圈起來。 　　【各 4 分，共 24 分】

(1) （ I / I'm / I'll ） going to visit my grandmother tomorrow.
祖母

(2) The phone is ringing.　I（ am / going to / will ） answer it.
電話　　　響　　　　　　　　　　　　　　接（電話）

(3) He is going to（ go / goes / going ） to the mountains next summer.
山

(4) （ Will / Is / Are ） Yating and Mark going to swim at the beach?
海灘

(5) Will she（ be / is / was ） a good tennis player?
球員

(6) Peiling（ won't / isn't / aren't ） watch TV tonight.

2 請依照（　　）裡的內容，用英文回答問題。 　　【各 4 分，共 16 分】

(1) Is your sister going to buy a bike?　（→是）

----

(2) Will Mr. Huang come here later?　（→不）
later：稍後

----

(3) What are you going to do this weekend?　（→打掃自己的房間）

----

(4) How long is Ms. Wilson going to stay in Canada?　（→預計停留三週）

----

3 請使用（　　）裡的表達方式，將中文翻譯成英文。　　【各10分，共60分】

(1)　我現在就會打電話給她。（will）

　　--
　　　　　　　　　　　　　　　　　　　　　　　　　現在：now

(2)　明天早上會是晴天嗎？（will）

　　--
　　　　　　　　　　　　　　　　　　　　　　　　晴朗的：sunny

(3)　我下禮拜要和怡君（Yijun）見面。（be going to）

　　--

(4)　你們要在哪裡吃午餐？（be going to）

　　--
　　　　　　　　　　　　　　　　　　　　　　　　　午餐：lunch

(5)　你爸爸明天要洗車嗎？（be going to）

　　--
　　　　　　　　　　　　　　　　　　洗：wash　　　他的車：his car

(6)　我這個月不會拜訪沖繩（Okinawa）。（be going to）

　　--
　　　　　　　　　　　　　　　　　　拜訪：visit　　　月：month

表示未來的詞語

在表示未來的句子裡，會使用 tomorrow、next... 等等表示未來的詞語。
- □ tomorrow　明天
- □ next...　下個…，接下來的…
- □ next Sunday 下禮拜日　　□ next week 下禮拜　　□ next month 下個月
- □ next year 明年　　□ next summer 明年夏天

表示未來的詞語，還有以下這些。
- □ someday 總有一天　　□ in 2050 在2050年　　□ in the future 未來

進階學習

149

58 表示能力的「會…」的 can

助動詞 can 的句子、can 的否定句

這一課要學的是表示能力的「會…」的說法。

要表達「會…」的時候，例如「會游泳」、「會說英語」，就會在動詞前面加上 can。

要表達「不會…」的時候，只要把 can 換成否定形 cannot（或縮寫 can't）就行了。

有兩點要注意。① can 或 cannot 的後面如果沒有「動詞」的話，句子就不成立。② can 和 cannot 後面的動詞都是用原形。

他會打棒球。

O He **can** play baseball.
動詞的原形

× He can baseball.
要有動詞！

× He can play's baseball.
動詞是原形！

⊕ 文法用語 can, will, may, must, shall, should 等等都稱為助動詞。助動詞是「協助」動詞的詞語，會和動詞一起使用，作用是把說話者的各種心情或判斷添加到動詞上。這些助動詞共通的規則是，後面接的動詞都是使用原形。

■ **請翻譯成英文。**

(1) 我會彈鋼琴。

----

(2) 家豪（Jiahao）不會彈吉他。　　　　　　　　　吉他：the guitar

----

(3) 他能跑得很快。　　　　　　　跑：run　　快速地：fast

----

(4) 她不會讀中文。　　　　　　　　　　　閱讀：read

----

(5) 他們很會滑雪。　　　　　　滑雪：ski　　很好地：well

----

(6) 我的狗會游泳。　　　　　　　　　　　游泳：swim

----

(7) 我聽不到你（說的話）。　　　　　　　　聽到：hear

----

(8) 強生先生（Mr. Johnson）會說四種語言。　　說：speak　　四種語言：four languages

助動詞

59 詢問能力的「會…嗎？」

用 can 詢問「會…嗎？」的時候，句子是用 can 開頭。主詞是 you 的話，就是 Can you...?；主詞是 he 的話，就是 Can he...?。

對於 Can...? 疑問句，通常是回答 Yes, ... can. 或 No, ... cannot.（縮寫是 can't）。

請注意在使用 can 的句子裡，動詞都是用**原形**。

他會打棒球嗎？

○ Can he play baseball?
× Can he plays baseball?

　　　　　在 can 的句子裡，動詞都是原形！

➕ 細說分明　　can 的否定形，雖然也可以把 can 和 not 分開，寫成 can not，但一般而言是像 can't 或 cannot 一樣，寫成一個單字。

基本練習

■ 請改寫成疑問句。

(1)　You can play the piano.

---

(2)　She can read Japanese.　　　　　　　　read：閱讀

■ 請翻譯成英文，然後分別回答 ①是 和 ②不。

（例）　你會做菜嗎？

　　　Can you cook?

　　→ ①　Yes, I can.　　　　　②　No, I can't.

(3)　他會游泳嗎？

　　→ ①　　　　　　　　　　②

(4)　你姊姊會開車嗎？　　　　　　　　　　駕駛：drive

　　→ ①　　　　　　　　　　②

(5)　你會滑雪嗎？　　　　　　　　　　滑雪：ski（動詞）

　　→ ①　　　　　　　　　　②

(6)　你聽得到我（說的話）嗎？　　　　　　聽到：hear

　　→ ①　　　　　　　　　　②

助動詞

153

60 「我可以…嗎？」「你可以…嗎？」

can 的疑問句除了用來詢問「會…嗎」以外，其他的用法也很常用。

Can I ...? 除了表示「我能…嗎」以外，也會用在請求同意的情況下，這時候是表示**「我可以…嗎」**。

Can you ...? 原本是用來詢問「你能…嗎」，但也會用在請求幫忙的情況，這時候是表示**「你可以…嗎」**。

對於請求對方同意的 Can I ...?（我可以…嗎？）和表示請求的 Can you ...?（你可以…嗎？），回答如果是肯定的話，並不是說 Yes, you can、Yes, I can，通常是用 Sure. 之類的表達方式來回答。

➕ 英語會話 雖然 Can I...?（我可以…嗎？）不如 May I...?（→p.158）來得客氣，但也因此而帶有輕鬆、親近的感覺，不止是對朋友，和店員也經常會這樣說。像 Can I have some water, please?（我可以要一點水嗎？）這樣，加上 please 就很得體了。

基本練習

答案在313頁。
對完答案後，請聽CD跟著唸出英語發音。

■ **請翻譯成英文。**

(1) 我可以用這支電話嗎？　　　　　　　　　　　使用：use　　電話：phone

----

(2) 你可以開門嗎？　　　　　　　　　　　　　　打開：open　　門：the door

----

(3) 你可以幫我嗎？　　　　　　　　　　　　　　　　　　　幫忙：help

----

(4) 我可以讀這封信嗎？　　　　　　　　　　　　　　　信件：letter

----

(5) 你可以關窗戶嗎？　　　　　　關閉：close　　窗戶：the window

----

(6) 我可以用你的字典嗎？　　　　　　　　　　字典：dictionary

----

(7) 你可以為我彈鋼琴嗎？　　　　　　　　　　　為了…：for...

----

(8) 我可以要一點水嗎？　　用動詞 have 表達。　一些，若干：some　　水：water

助動詞

61 「您可以…嗎？」

上一課教過，請求別人時可以說 Can you...?。Can you...? 其實是單純表示「你可以…嗎？」的輕鬆說法，並不是很客氣的請求方式。

把 Can you...? 的 can 換成 could 的話，就表示**「您可以…嗎？」**，是比較客氣的請求方式。對於初次見面的人或者長輩，想要含蓄地請求時，很常使用這種說法。

對於 Could you...? 的回答，和 Can you...? 是一樣的。

🞠 **細說分明** could 是助動詞 can 的過去式，有「過去能…」的意思（could 的發音是 [k□d]）。
I couldn't find the book. 的意思是「我當時找不到那本書」。

基本練習

■ 請使用（　　）中的單字，翻譯成英文。

(1) 你可以來這裡嗎？（can）

------

(2) 您可以幫我嗎？（could）　　　　　　　　　　　　幫助：help

------

(3) 你可以開門嗎？（can）

------

(4) 您可以為我讀這個嗎？（could）　　　　這個：this　　為了…：for...

------

(5) 您可以在這裡等候嗎？（could）　　　　等待：wait　　在這裡：here

■ 從（　　）中選出適當的回答，用○圈起來。

(6) A: Can you call me tonight, Mei?
　　（你今晚可以打電話給我嗎，小美？）

　B:（ Yes, please. / Sure. / Yes, let's. ）

(7) A: Could you carry my bag?
　　（您可以幫我拿包包嗎？）

　B:（ Thank you. / All right. / I'm sorry, you can't. ）

助動詞

62 表示請求的 Will you...? 等表達方式

Will you...? 是用來詢問未來的事情（→p.146），但也會用來請求對方，表示「你可以…嗎」。這個說法和表示請求的 Can you...? 意思幾乎完全一樣，並不是很客氣的請求方式。

把 Will you...? 的 will 換成 would，就會變成客氣的請求。

May I...? 則是用在請求同意的時候，表示「我可以…嗎」。這個說法比 p.154 學到的 Can I...? 客氣，所以對長輩可以這樣說。

對 Will you...?、Would you...?、May I...? 的回答方式，和 Can you...?、Could you...? 相同。請看 p.156 複習一次。

➕ 細說分明 would 是助動詞 will 的過去式（would 的發音是[wəd]）。雖然 would 在過去式中是為了「時態的一致性（→p.191）」而使用的，但它也是表達客氣的語氣時很重要的單字，例如 I'd (= I would) like...、Would you like...?（→p.290~293）等句型都會用到。

基本練習

答案在313頁。
對完答案後，請聽CD跟著唸出英語發音。

■ 請使用（　）裡的單字，翻譯成英文。

(1) 你可以幫我嗎？（will）

----

(2) 您可以關窗戶嗎？（would）　　　　　　　　　　　　關閉：close

----

(3) 我可以坐在這裡嗎？（can）　　　　　坐：sit　　在這裡：here

----

(4) 我可以用您的電腦嗎？（may）　　　使用：use　電腦：computer

----

(5) 我可以用這支電話嗎？（may）　　　　　　　　　電話：phone

----

(6) 我可以進去（裡面）嗎？（may）　　　進去（裡面）：come in

----

(7) 你可以洗盤子嗎？（will）　　　　　洗盤子：wash the dishes

----

(8) 您可以再說一次嗎？（would）　　　　再說一次：say that again

助動詞

63 「做…好嗎？」

Shall I...? 的意思是「**我來做…好嗎？**」，表示提議。這是比較正式的說法，所以在小孩子們的對話裡不太會用到，而是用在以下這種情況。

Shall we...? 的意思是「**我們做…好嗎？**」，用在邀請或提議的時候。

　　另外，發生了麻煩的事情，想表達「**該怎麼辦？**」的時候，就會說 What shall we[l] do?。
　　把這個說法也記起來吧。

⊕ 英語會話　shall 這個單字有比較正式的感覺，所以要表達「我做…好嗎？」的時候，除了說 Shall I...? 以外，Do you want me to...? 和 Should I...? 也是很常用的說法。另外，表示「我們做…好嗎？」的 Shall we...? 也經常用 Why don't we...? 表達。

基本練習

答案在313頁。
對完答案後，請聽CD跟著唸出英語發音。

■ 請翻譯成英文。

(1) 我幫忙您好嗎？

_____

(2) 我們一起吃午餐好嗎？　　　　　　　　　　午餐：lunch　　一起：together

_____

(3) 〈例如迷路的時候〉我們該怎麼辦？

_____

(4) 我稍後打電話給您好嗎？　　　　　　　　　　稍後：later

_____

(5) 我來開窗戶好嗎？　　　　　　　　　　　　窗戶：the window

_____

■ 從（　　）中選出適當的回答，用○圈起來。

(6) Shall we go shopping tomorrow?
（我們明天去購物好嗎？）
　—（ Yes, please. / Yes, let's. ）

(7) Shall I go with you?
（我跟您一起去好嗎？）
　—（ Yes, please. / Yes, I will. ）

助動詞

161

64 「必須…」①

要表示「必須…」的意思，例如「我必須回家了」或者「在這裡必須說英語」的時候，會在動詞前面加上 have to。

請把這個 have to... 想成表示「必須…」的片語。

主詞是第三人稱單數的時候，會變成 has to...。

有兩點要注意： 依照主詞選用 have 或 has。 to 後面接的動詞都是使用**原形**。

➕ 細說分明　要表達「過去必須做…」的時候，會把 have 改成過去式，也就是 had to...。I had to get up early this morning.（我今天早上的時候必須早起。）

基本練習

■ 從 have to 和 has to 中選擇適當的形態，填入 ☐ 。

(1) 我必須做早餐。

I ☐ cook breakfast.

(2) 他必須幫忙他爸爸。

He ☐ help his father.

(3) 我們明天必須五點起床。

We ☐ get up at five tomorrow.

■ 使用 have to... 或 has to... 翻譯成英文。

(4) 阿偉（Wei）必須去醫院。　　　　　　　　　　　　　　醫院：the hospital

----

(5) 你必須練習鋼琴。　　　　　　　　　　　　　　　　　　練習：practice

----

(6) 我現在必須完成我的作業。　　　　完成：finish　　我的作業：my homework

----

(7) 你們在這裡必須使用英語。　　　　　　　　　　　　　　使用：use

----

(8) 她必須早回家。　　　　　　　　　　　　　　　　　　　早早地：early

----

have to...、
must

163

65 have to 的否定句和疑問句

在 have to 前面加上 don't 或 doesn't 就會形成否定句。主詞是第三人稱單數的時候，是說 doesn't have to（不用 has）。

否定句的意思是「不必…」。

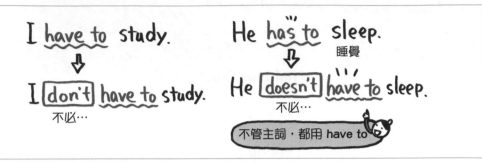

have to... 的疑問句是用 Do 或 Does 開頭。主詞是第三人稱單數的話，就是 Does ～ have to...?（不用 has）。

疑問句的意思是「必須…嗎？」。

回答的方式和一般的 Do[Does] 疑問句一樣。回答 No 的時候，表示「不必」的意思。

➕ 細說分明　　have to... 的過去式否定句是 didn't have to...。另外，過去式疑問句是 Did ～ have to...?。I didn't have to wait.（我當時不必等。）Did you have to wait?（你當時必須等嗎？）

基本練習

答案在313頁。
對完答案後，請聽CD跟著唸出英語發音。

mp3
76

■ 把 (1)(2) 改寫成否定句，(3)(4) 改寫成疑問句。

(1) You have to hurry.

hurry：趕緊

----

(2) Mei has to get up early tomorrow.

----

(3) You have to practice every day.

----

(4) Jim has to leave Taiwan next month.

leave：離開

■ 請翻譯成英文，並且對第 (8) 題分別回答 ①是 和 ②不。

(5) 你現在必須走了嗎？

現在：now

----

(6) 我今天不必做作業。

做：do　（我的）作業：my homework

----

(7) 我明天必須工作嗎？

----

(8) 他在那裡必須說英語嗎？

在那裡：there

→ ① ----------------------------　② ----------------------------

have to…、must

165

66 「必須…」②

表達「必須…」的時候，除了 have to 以外，也可以用 must。

must 只用一個單字就能表示「必須…」的意思，和使用 have to 的時候一樣，都是放在動詞原形的前面。

但是，即使主詞是第三人稱單數，must 的形態也不會改變。

否定句是在 must 後面加 not（must not 的縮寫是 mustn't）。must 否定句的意思是「**絕對不能…**」，表示強烈的禁止。

mustn't 和 don't have to 的意思是不一樣的，請注意。

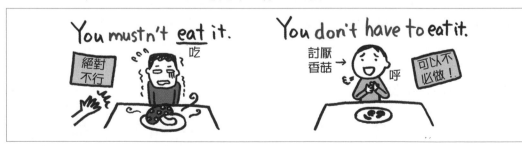

➕ 英語會話　嚴格來說，have to 和 must 的意思是有差別的。have to 通常表示因為某個客觀事實而「必須做」，must 則是表示說話者自己覺得「必須做」的心情。在實際的對話中，使用 have to 的機會比 must 來得多。

基本練習

答案在314頁。
對完答案後，請聽CD跟著唸出英語發音。

■ 用 must 把以下的句子翻譯成英文。

(1) 你必須去醫院。　　　　　　　　　　　　　　　醫院：the hospital

----

(2) 你們在課堂上絕對不能使用中文。　　　　　　　　在課堂上：in class

----

(3) 你絕對不能碰這些畫。　　　觸碰：touch　　這些：these　　畫：paintings

----

(4) 我們必須趕快。　　　　　　　　　　　　　　趕緊，趕快：hurry

----

(5) 你必須讀這本書。

----

(6) 他必須努力工作。　　　　　　　　　工作：work　　努力地：hard

----

(7) 你絕對不能打開這扇門。

----

have to…、must

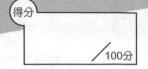

助動詞

1 從（　　）中選擇適當的答案，用〇圈起來。　　【各4分，共16分】

(1) I（ can / have / must ）to study math today.
數學

(2) You（ aren't / don't / must not ）have to eat it.
吃

(3) You（ must / have / has ）listen to your teacher.
聽

(4) He mustn't（ swim / swims / swimming ）here.

2 請選出最適合回答以下問題的答案，用〇把代號圈起來。　　【各6分，共30分】

(1) Can I use your pencil?
甲　Yes, I can.　　乙　OK.　Here you are.　　丙　No, I can't.

(2) Do I have to go now?
甲　Yes, I do.　　乙　No, thank you.　　丙　No, you don't.

(3) Will you close the door?
甲　Sure.　　乙　Yes, you will.　　丙　No, I don't.

(4) Shall we go shopping?
甲　Yes, you are.　　乙　No, you don't.　　丙　Yes, let's.

(5) Could you help me with my homework?　　help（人）with...：幫忙（某人）做…
甲　Yes, please.　乙　No, thank you.　丙　I'm sorry, but I'm busy today.

3 在以下的情況，應該怎麼向對方表達呢？請使用（   ）中的單字造出英文句子。

【各 9 分，共 54 分】

(1)　向對方提議「我幫忙您好嗎？」的時候。（ shall ）

_____

(2)　進房間之前，說「我可以進去嗎？」徵求對方同意的時候。（ may ）

_____
進去：come in

(3)　請求對方「你可以打開窗戶嗎？」的時候。（ can ）

_____

(4)　向對方說「你不必擔心」的時候。（ have ）

_____
擔心：worry

(5)　提議「我們兩點在這裡見面好嗎？」的時候。（ shall ）

_____
見面：meet

(6)　請求對方「您可以在這裡等候嗎？」的時候。（ could ）

_____

---

should 的意義和用法

助動詞 should 表示「應該…」的意思。

> You should read this book.　It's really interesting.
> （你應該讀這本書。它真的很有趣。）
> Where should I get off the bus?
> （我應該在哪裡下公車？）
> Should I take the taxi?
> （我應該搭計程車嗎？）
> You should be careful.
> （你應該要小心。）

進階學習

各種助動詞

　　助動詞是「協助」動詞的詞類。can 等等的助動詞，是和動詞一起使用，並且為動詞添加各種語意（主要是說話者的心情）。

　　下表整理出各種助動詞的意義和使用方法。

will	將會… （未來）	He'll be here soon. （他很快就會到這裡。） I'll be 20 next month. （我下個月就 20 歲了。）
	要做…，會做… （意志）	This bag is heavy. –I'll help you. （這個包包很重。 －我會幫你。） I'm sorry. I won't do that again. （對不起，我不會再那麼做了。）
	在 Will you...? 句型中 你可以…嗎？ （請求）	Will you open the door, please? –Sure. （可以請你開門嗎？ －當然。）
can	能夠做… （能力，可能）	He can play the piano. （他會彈鋼琴。） We can't use this machine now. （我們現在不能用這台機器。）
	在 Can you...? 句型中 你可以…嗎？ （請求）	Can you close the window? –Sure. （你可以關窗戶嗎？ －當然。）
	可以做… （許可）	You can use my car anytime. （你隨時都可以用我的車。） Can I use your pen? –Sure. （我可以用你的筆嗎？ －當然。）
	可能… （可能性）	His story can be true. （他的故事可能是真的。） Anyone can make mistakes. （任何人都可能犯錯。）

may	可以… （允許）	May I use your pen? –Sure. （我可以用你的筆嗎？ －當然。）
	可能… （推測）	He may not come. （他可能不會來。）
must	必須… （義務）	I must go to the hospital. （我一定要去醫院。） You must not drink this water. （你絕對不能喝這個水。〈禁止〉）
	一定… （推測）	He must be very tired. （他一定很累。） She must be the new teacher. （她一定是那位新來的老師。）
shall	在 Shall I...?、Shall we...? 句型中 …好嗎？ （建議，提議）	Shall I open the window? （我來開窗戶好嗎？） Shall we go to the movies? （我們去看電影好嗎？）
should	應該… （提議，義務）	You should read this book. （你應該讀這本書。） I think you should go home. （我覺得你應該回家。）
would * will 的 過去式	在 Would you...? 句型中 您可以…嗎？ （客氣的請求）	Would you say that again? （您可以再說一次嗎？）
	用 would like 表達 想要… （客氣）	I'd like to go there. （我想要去那裡。） Would you like some tea? （您想來點茶嗎？）
could * can 的 過去式	在 Could you...? 句型中 您可以…嗎？ （客氣的請求）	Could you tell me how to use this? （您可以告訴我怎麼用這個嗎？）

　＊would、could 也會用來表示時態的一致（→p.191）。另外，could 也可以表示「過去能夠…」的意思。He said he would come.（他當時說他會來。）I couldn't swim.（我以前不會游泳。）

67 「不定詞」是什麼？

英文句子的原則是每個句子都只有一個動詞。但是，只用一個動詞，就只能造出語意簡單的句子。

> I went to the library.
> 動詞　　我去了圖書館。

例如上面的句子「我去了圖書館」，如果要把這個簡單的句子發展下去，表達「我為了唸書而去了圖書館」的話，就要使用從這一課開始會學到的「不定詞」。

做法很簡單，只要在上面的句子加上 to study，就能夠添加「為了唸書」這個訊息。

to study 這種〈to＋動詞〉的組合，稱為**「不定詞」**。使用不定詞，就可以在整個句子的主要動詞（在上面的句子裡是 go 的過去式 went）以外，再加上另一個動詞（在上面的句子裡是 study），形成比較複雜的句子。

你發現了嗎？上面的句子雖然是過去式，但 to 後面的動詞並不是過去式，而是 study 的原形。〈to＋動詞〉的動詞不管什麼時候都是**原形**。

不定詞除了表示「為了…」以外，也可以表達「需要…的」「做…這件事」等意義，從下一課開始會詳細介紹。在這一課，請先記住這兩點：①〈to＋動詞〉表示「為了…」②to 後面接的動詞都是原形。

➕ 文法用語　動詞（整個句子的主要動詞）通常是依照「主詞（是否為第三人稱單數）」和「時態（現在或過去）」來決定使用的形態。相反的，〈to＋動詞原形〉脫離了動詞原本的作用，並不是作為句子的骨幹，也不會表現出時態，而是主詞與時態不定的形式，所以稱為「不定詞」。

基本練習

■ 選出正確的英文翻譯，用○把選項代號圈起來。

(1) 我去圖書館唸英文。

    a. I go to the library to study English.

    b. I go to the library study English.

(2) 他去公園打網球。

    a. He goes to the park to play tennis.

    b. He goes to the park to plays tennis.

(3) 我為了見由香（Yuka）而拜訪京都。

    a. I visited Kyoto to saw Yuka.

    b. I visited Kyoto to see Yuka.

■ 加入（   ）裡的資訊，改寫原來的英文句子。

（例） I went to the library.（＋為了唸書）

I went to the library to study.

----

(4) She gets up early.（＋為了做早餐）

----

(5) Jiahao went home.（＋為了看電視）

不定詞（基礎）

68 「為了…」、引起感情的原因

〈to＋動詞的原形〉可以表示「目的」，也就是「**為了做…**」的意思。例如要表達「我為了見叔叔而拜訪澎湖」的時候，就會使用〈to＋動詞的原形〉。

〈to＋動詞的原形〉除了表示「為了做…」以外，也可以用來表達「**做…很高興**」這種句子。例如「再次見到你，我很高興」。

〈to＋動詞的原形〉是說明引起「高興」這種感情的原因。

如右所示，不定詞會和表示感情的形容詞連用。

be happy(glad) to～	…很高興
be sad to ～	…很難過
be sorry to～	…很遺憾
be surprised to～	…很驚訝

➕ **文法用語**　表示「為了…」的不定詞，作用是為句子整體的主要動詞添加說明（表示動作的目的）。另外，表示感情的原因的不定詞，是為前面的形容詞添加說明（感情的原因）。因為功能和修飾動詞或形容詞的副詞一樣，所以稱為「副詞性質的不定詞」。

■ **請翻譯成英文。**

(1) 我為了借一些書去了圖書館。 借：borrow 一些：some

I went to the library _____.

(2) 他為了玩遊戲而買了電腦。 遊戲：games

He bought a computer _____.
buy(買)的過去式

(3) 我為了做作業而早起了。 （我的）作業：my homework

_____

(4) 陳先生（Mr. Chen）今天早上為了見你而過來了。 見到：see

_____

(5) 聽到那件事，我很開心。 聽到：hear （對方說的）那件事：that

I'm happy _____.

(6) 聽到那件事，我很遺憾。

I'm sorry _____.

(7) 聽到那個消息，他很難過。 那個消息：the news

He was sad _____.

(8) 看到那張照片，我很驚訝。 那張照片：the picture

I was surprised _____.

不定詞（基礎）

69 「需要…的」、「可以…的」

這一課要介紹〈to＋動詞的原形〉的第二個基本用法。〈to＋動詞的原形〉也可以表示「**需要…的**」、「**可以…的**」。

例如，homework <u>to do</u> 表示「<u>需要做的作業</u>」，time <u>to watch TV</u> 表示「<u>可以看電視的時間</u>」。

〈to＋動詞的原形〉是在 homework（作業）、time（時間）等名詞後面添加說明。

something to... 表示「可以…的東西／事情」。例如 something to eat 就表示「可以吃的東西」。

另外，nothing 這一個單字就能表示「什麼…都沒有」的否定意義（= not … anything）。（I have nothing to do. = I don't have anything to do.）

➕ **文法用語**　表示「需要…的」、「可以…的」的不定詞，是用來為前面的名詞或 something 之類的代名詞添加說明。因為功能和修飾名詞的形容詞一樣，所以稱為「形容詞性質的不定詞」。

■ **請翻譯成英文。**

(1) 我今天有很多作業需要做。

I have a lot of ──────────────────────── today.

(2) 她沒有可以讀書的時間。 　　　　　　　　　　　讀書：read books

She doesn't have ──────────────────────── .

(3) 京都有很多可以看的地方。 　　　　地方：places　　看：see

There are many ──────────────────────── in Kyoto.

(4) 現在是上床睡覺的時間，阿偉。 　　　　上床睡覺：go to bed

It's ──────────────────────── , Wei.

(5) 我想要可以喝的東西。 　　　　　　　　　　　喝：drink

I want ──────────────────────── .

(6) 他們需要可以吃的東西。 　　　　　　　　　　吃：eat

They needed ──────────────────────── .

(7) 你明天有什麼事需要做嗎？ 　（疑問句）什麼事：anything

Do you have ──────────────────────── tomorrow?

(8) 我昨天沒有要做的事。

I had ──────────────────────── yesterday.

不定詞（基礎）

70 「做…這件事」

這一課要介紹〈to＋動詞的原形〉的第三個基本用法。〈to＋動詞的原形〉也可以表示「**做…這件事**」的意思，會用在 like 或 want 等動詞後面。

例如 like to... 就表示「**喜歡做…這件事**」的意思。

want 的意思是「想要…」，所以 want to... 的意思是「想要做…這件事」→「**想要做…**」。

I want to go to Brazil.
我想要去巴西！

I want to be a soccer player.
我想要成為足球選手

表示「做…這件事」的〈to＋動詞的原形〉，也經常用在右邊的表達方式中。

start (begin) to ~	開始…
try to ~	試著…，努力…
need to ~	需要…
decide to ~	決定…

➕ 文法用語　表示「做…這件事」的不定詞，主要是當動詞的受詞，也有當句子的主詞或補語的情況。因為具有名詞般的功能，所以稱為「名詞性質的不定詞」。

■ **請翻譯成英文。**

(1) 我想要拜訪許多國家。　　　　　　拜訪：visit　　許多國家：many countries

I want _____.

(2) 我未來想要成為老師。　　　　　　　　在未來：in the future

I want _____.

(3) 陳先生喜歡拍照。　　　　　　　　　　拍照：take pictures

Mr. Chen likes _____.

(4) 我不喜歡寫信。　　　　　　　　　　　寫信：write letters

I don't like _____.

(5) 他去年開始學日語。　　　　　　　　　日語：Japanese

He started _____.

(6) 她開始唱歌。　　　　　　　　　　　　唱歌：sing

She began _____.

(7) 我試著用英語對他說話。　　　　　　對…說話：speak to...

I tried _____.

(8) 我決定打電話給陳先生（**Mr. Chen**）。

I decided _____.

(9) 她需要買一些蔬菜。　　　　　　　一些蔬菜：some vegetables

She needed _____.

不定詞（基礎）

71 「動名詞」是什麼？

用英文表達「喜歡做…這件事」的時候，會用 like to... 來表達。此外，也可以用動詞 ing 形表達差不多的意思。

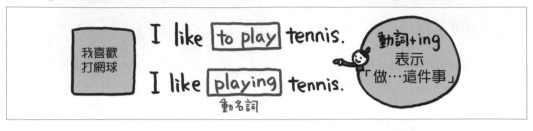

這裡的 ing 形是表示**「做…這件事」**。因為這種 ing 形是把動詞當成名詞使用，所以稱為**「動名詞」**。

「喜歡做…這件事」可以用 like to... 或 like ...ing 表達，「開始做…這件事」也可以用 start to... 或 start ...ing 表達。但是，〈to...〉和〈...ing〉並不是完全相同的。請注意下面的重點。

首先，右邊列出的三個動詞，後面都只能使用 ing 形（動名詞）。

要表達「享受…這件事」的時候，只會說 enjoy ...ing，而不能說 enjoy to...（╳）。

相對的，「想要…」只能用 want to... 表達，而不能說 want ...ing（╳）。

享受…這件事	➡enjoy ~ing
完成…這件事	➡finish ~ing
停止…這件事	➡stop ~ing

動名詞也可以當主詞，例如在表達「煮魚（這件事）很簡單。」的時候使用。

➕ **文法用語** 動名詞除了當動詞的受詞、句子的主詞以外，也可以放在介系詞後面。I'm good at playing the guitar.（我很會彈吉他。）I'm interested in making movies.（我對製作電影有興趣。）

基本練習

答案在314頁。
對完答案後，請聽CD跟著唸出英語發音。

mp3
83

■ 用動名詞把句子翻譯成英文。

(1) 我們享受了聊天（的樂趣）。

----

(2) 我爸爸喜歡聽音樂。 　　　　　　　　　　　　聽… : listen to...

----

(3) 她把故事讀完了。（她完成了讀故事這件事。） 　　　故事 : the story

----

(4) 交朋友（這件事）很簡單。 　　　　　　　　交朋友 : make friends

■ 從（　　）中選出適當的詞語，填入 [　　] 中。
　　請注意應該使用動名詞或是不定詞。

(5) 我寫完了信。（我完成了寫信這件事。）
　　I finished [　　　　　] the letter. 　　　　（ writing / to write ）

(6) 他想要見你。
　　He wants [　　　　　] you. 　　　　　　　（ seeing / to see ）

(7) 他們享受了一起唸書（的樂趣）。
　　They enjoyed [　　　　　] together. 　　　（ studying / to study ）
　　　　　　　　　　　　　一起

(8) 不要再看漫畫書了。（停止看漫畫書。）
　　Stop [　　　　　] the comic book. 　　　（ reading / to read ）
　　　　　　漫畫書

動名詞

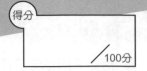

解答在315頁
對完答案後，請聽CD跟著唸出英語發音。

不定詞・動名詞

1 從（ ）裡選出適當的答案，用○圈起來。 【各5分，共20分】

(1) My sister likes（play / to plays / to play）soccer.

(2) I enjoyed（to talk / talking / talked）with my friends.

(3) Why did Yating get up so early?
— （Walk / To walk / Walking）her dog in the park.

(4) （Studying / Study / Studies）history is interesting.
　　　　　　　　 歷史　　　 有趣的

2 在英文句子裡加上（ ）裡的內容並加以改寫。 【各5分，共10分】

(1) I want some DVDs. （＋可以看的） 觀看：watch

----

(2) She is going to buy a computer. （＋為了玩電玩遊戲） 電玩遊戲：video games

----

3 重新排列（ ）裡的詞語，組成正確的英文句子。 【各7分，共14分】

(1) Amy（something / wants / to）drink.
Amy _____ drink.

(2) I（go / to / want / to）America someday.
I _____ 有朝一日 _____ America someday.

4 請翻譯成英文。

【各 8 分，共 56 分】

(1) 我想住在海邊。

在海邊：by the sea

---

(2) 她想要成為老師。

成為：be〔become〕

---

(3) 雨很快就會停。（很快就會停止下雨。）

_____ soon.

---

(4) 他為了滑雪而拜訪了加拿大。

加拿大：Canada　滑雪：ski

---

(5) 我們有很多要做的作業。

用「擁有」來表達「有」作業這件事。

---

(6) 我沒有時間睡覺。（我沒有可以睡覺的時間。）

睡覺：sleep

---

(7) 我上個月開始用這支手機。

手機：cell phone

不定詞與動名詞的各種注意事項

● something cold to drink 之類的結構

「可以／應該…的事物」是用〈something to＋動詞的原形〉來表達，而 something 加上形容詞的時候，形容詞是緊接在 something 後面。anything 也是一樣。

· I want something cold to drink.（我想要一點冰的東西來喝。）

· I have something important to tell you.（我有重要的事要告訴你。）

● 不定詞和動名詞意義不同的情況

動詞後面接的是不定詞或動名詞，有時候會使意義有所不同。

· try to...：試著做…，努力做…　　· try ...ing：嘗試做…看看

· forget to...：忘記要做…　　· forget ...ing：忘記做過…

· remember to...：記得要做…　　· remember ...ing：記得做過…

進階學習

72 連接詞 that

這一課要學的是「認為…」、「知道…」的說法。

「英語很簡單」是 English is easy.。那麼，「我認為英語很簡單」該怎麼說呢？

只要在 I think（我認為）後面加上 that（…這件事情），然後再接上 English is easy 就行了。

「我知道…」的說法也是使用 that，用 I know that... 來表達。

這裡的 that 並不是「那個」的意思。它的作用是把 I think、I know 等〈主詞與動詞〉的組合，和其他的〈主詞與動詞〉（English is easy 等等）連結起來。像這樣把兩個部分連結起來的詞語，稱為**連接詞**。

連接詞 that 在會話中經常**省略**。省略之後，意思也不會改變。

➕ **文法用語** 含有〈主詞＋動詞〉的語句，稱為「子句」。例如「I think English is easy.」就有 I think 和 English is easy 兩個子句。其中 I think 是句子的骨幹，也就是主要的子句，稱為「主要子句」；English is easy 是 think 的受詞，也就是附屬的子句，稱為「從屬子句」。（→p.193）

■ 把（　）裡的語句重新排列，組成正確的英文句子。

(1) 我認為這本書很有趣。　　　　　　　　　　　　　有趣的：interesting

（ that / interesting / I / is / think / this book ）

---

(2) 我知道俊彥（Junyan）喜歡體育運動。

（ likes / know / I / sports / Junyan / that ）

---

(3) 我認為足球在日本很受歡迎。　　　　　　　　　受歡迎的：popular

（ soccer / I / popular / think / is ）

in Japan.

■ 請翻譯成英文。

(4) 我知道我哥哥很忙。

---

(5) 我覺得英語很難。　　　　　　　　　　　　　　難的：difficult

---

(6) 我知道黃先生（Mr. Huang）來自高雄（Kaohsiung）。　　來自…：be from...

---

(7) 我認為我們需要更多時間。　　需要：need　　更多時間：more time

連接詞

73 連接詞 when

這一課要學習的是「…的時候」的表達方式。

「（當時）在下雨」是 It was raining.。要表達「我起床的時候在下雨」的時候，會使用 when。

這時候，when 並不是詢問「什麼時候？」的疑問詞，而是表示「…的時候」的連接詞，後面會接〈主詞＋動詞〉。
「我起床**的時候**」就是 when I got up。

上面的句子也可以把 when… 的部分先說出來，變成 When I got up, it was raining.。請再看看下面的英文句子。

➕ 細說分明　除了 when 以外，before（…之前）/ after（…之後）/ while（在…的期間）也可以當成表示時間的連接詞。Finish your homework before you watch TV.（在看電視之前先完成你的作業。）

基本練習

答案在315頁。
對完答案後，請聽CD跟著唸出英語發音。

mp3
86

■ 請翻譯成英文。

(1) 我起床的時候正在下雪。　　　　　　　　　　　　下雪：snow

It was snowing _____ .

(2) 我媽媽年輕的時候住在南投。　　　　　住在…：live in...　　年輕的：young

My mother lived in Nantou _____ .

(3) 我拜訪她的時候，她正在看電視。

She was watching TV _____ .

(4) 我到車站的時候會打電話給你。　　　到達…：get to...　　車站：the station

I'll call you _____ .

(5) 你打電話給我的時候，我正在聽音樂。　　　　　　聽…：listen to...

_____

(6) 我回家的時候，我媽媽正在煮菜。　　　回家：come home　　煮菜：cook

_____

(7) 在我是小孩子的時候，我想要成為警察。　警察：a police officer　小孩：a child

_____

連接詞

74 連接詞 if, because

要表達「<u>如果你很忙</u>，我會幫你」的時候，會使用 if。if 的意思是「如果…」，後面接「如果」的內容（條件）。

要表達「<u>因為你遲到了</u>，所以他很生氣」的時候，會使用 because。because 的意思是「因為…」，而 because 後面會說出「理由」。

because 也會用來回答 Why...?（為什麼…？）這種問題，表示理由。

➕ 文法用語　相對於「主要子句」，when...（…的時候）、if...（如果…）的部分稱為「從屬子句」，因為在句中具有副詞的功能，所以也稱為「副詞子句」。在副詞子句裡，即使是未來的事情，也是用現在式表示。I'll stay home if it rains tomorrow.（如果明天下雨，我就待在家裡。）（→p.193）

答案在315頁。
對完答案後，請聽CD跟著唸出英語發音。

mp3
87

■ **請翻譯成英文。**

(1) 因為你遲到，所以布朗先生（Mr. Brown）很生氣。

Mr. Brown is angry _____.

(2) 如果你肚子餓，我會做三明治。

I'll make sandwiches _____.

飢餓的：hungry

(3) 如果你有任何問題，請問我。

Please ask me _____.

任何：any   問題：questions

(4) 因為他感冒了，所以他沒有上班。

He didn't go to work _____.

感冒：have a cold

(5) 如果睏了，你可以上床睡覺。

You can go to bed _____.

睏的：sleepy

(6) 如果你有時間，請跟我來。

_____, please come with me.

有時間：have time

(7) 因為他想看電視，所以他回家了。

_____

(8) 你為什麼喜歡春天？ －因為我喜歡櫻花。

Why do you like spring?

櫻花：cherry blossoms

－ _____

連接詞

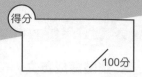

得分

/100分

解答在315頁
對完答案後，請聽CD跟著唸出英語發音。

mp3
88

連接詞

1 從（ ）中選出適當的答案，用〇圈起來。 【各 4 分，共 16 分】

(1) （ When / Because / If ）I got up, it was raining.

(2) Why were you absent from school yesterday?
　　　　　　　　　　缺席的

　　 —（ When / Because / To ）I had a fever.
　　　　　　　　　　　　　　　發燒

(3) He'll pass the exam （ that / if / so ）he studies hard.
　　　通過　　　　測驗

(4) I'm sleepy （ because / when / that ）I went to bed at two.
　　　睏的

2 重新排列（ ）中的詞語並完成句子。 【各 6 分，共 24 分】

(1) 我覺得數學很有趣。 　（ math / that / interesting / think / is ）
　　　　　　　　　　數學

　　I _____.

(2) 如果你有空，請幫我忙。 　（ are / help / you / me / if / free ）
　　　　　　　　　　　　　　　　　　　　有空的

　　Please _____.

(3) 她知道他是老師。 　（ he / knows / a teacher / is ）

　　She _____.

(4) 他年輕時很瘦。 　（ when / young / thin / was / he ）
　　　　　　　　　　　瘦的

　　He was _____.

190

3 請把中文翻譯成英文。 【各 10 分，共 60 分】

(1) 如果你現在去，你就能趕上那班公車。　　　　　　　　趕上那班公車：catch the bus

You'll _____ .

(2) 因為他很忙，所以他不能來派對。

He _____ .

(3) 我認為她會來派對。

_____

(4) 我認為他是對的。　　　　　　　　　　　　　　　　　　　對的：right

_____

(5) 你打電話給我的時候，我正在睡覺。

_____

(6) 我知道你很忙。

_____

「我以為…」的句子

在談論「我以為…」、「我當時就知道…」等過去的事情時，必須注意動詞的形態。that 後面接的動詞，原則上和前面的動詞一樣，都用過去式。這個現象稱為「時態一致」。

- I thought that my mother was busy. （我以為我媽媽很忙。）
- I knew that Takuya liked dogs. （我當時就知道拓哉喜歡狗。）
- He said that he was happy. （他當時說他很快樂。）

that 後面的語句有助動詞的時候，會把助動詞改成過去式。

- I knew that she could swim fast. （我當時就知道她能游得很快。）
  └can 的過去式

進階學習

191

各種連接詞

連接詞的作用是連接單字與單字，或者詞組與詞組。以下整理出主要的連接詞。

●以對等的關係連接前後內容的連接詞（對等連接詞）

and	「A 和 B」	Wei and Jiahao（阿偉和家豪）
	「A 然後 B」	I got up and washed my face. （我起床然後洗了臉。）
but	「但是」	We did our best, but we lost. （我們盡了全力，但是輸了。）
or	「A 或 B」 「A 還是 B」	Did you go by train or by bus? （你是搭火車還是搭公車去的？）
so	「所以」	It got dark, so we went home. （天色暗了，所以我們回家了。）

●把後面的〈主詞＋動詞〉整合到句子裡的連接詞（從屬連接詞）

that	「…這件事」 （that 經常省略）	I think that you're great. （我認為你很棒。）
when	「…的時候」	It was raining when I got up. （我起床的時候正在下雨。）
if	「如果…」	You can go home if you're tired. （如果你累了，你可以回家。）
because	「因為…」	I went home because I was tired. （因為我累了，所以我回家了。）
before	「…之前」	Wash your hands before you eat. （吃東西之前要洗手。）
after	「…之後」	
while	「在…的期間」	I met Ken while I was in Tokyo. （我在東京的時候遇到肯。）

「子句」是什麼？

英語的一大原則是，一個句子裡面有一組〈主詞＋動詞〉。不過，如果使用連接詞的話，就能把幾個〈主詞＋動詞〉整合在一個句子裡。

〈主詞＋動詞〉形成的一個單位稱為「子句」。例如以下的句子，是用 that 連接兩個子句，形成一個句子。

I think that English is easy.（我認為英語很簡單。）

I think 子句是形成句子主要架構的子句，所以稱為「主要子句」。相對的，English is easy 這個子句是 think 的受詞，依附在主要子句之下，所以稱為「從屬子句」。

依照在句子裡的作用，從屬子句可以分成「名詞子句」、「形容詞子句」、「副詞子句」等類別。

● 整個子句的功能相當於名詞時，稱為名詞子句。例如下面的 English is easy 是 think 的受詞，所以是名詞子句。

I think that English is easy.（我認為英語很簡單。）

● 和形容詞一樣，用來修飾名詞的子句，稱為形容詞子句。

This is the book she wrote.（這是她寫的書。）（→p.274）

● 和副詞一樣，為前面的子句添加「時間」或「條件」等資訊的子句，稱為副詞子句。

It was raining when I got up.（我起床的時候正在下雨。）

在副詞子句裡，即使是未來的事情，也是用現在式表達。

I'll stay home if it rains tomorrow.（如果明天下雨，我就待在家裡。）

She'll call me when she gets to the station.（她一到車站，就會打電話給我。）

75 「有…」

從這一課開始，我們要學習「在～有…」的說法。

要表達「有…」的意思，例如「有一張書桌」的時候，句子會用 There is 開頭。書桌（a desk）接在 There is 後面。（這裡的 There 沒有什麼特別的意思，There is 後面接的是句子的主詞。）

要表達「房間裡有一張書桌」的時候，表示場所「在哪裡」的詞語，會接在上面的句子的後面。（請參考 p.136 列出的表示場所的介系詞。）

單數時用 There is，複數時用 There are。

要表達過去的情況，例如「當時有…」的時候，只需要把 be 動詞改成過去式的 was, were。

➕ 細說分明　There is 後面不會接有 the 或 my、your 的名詞。There is 是用來表達當時對方還不知道的事物。如果要說「你的包包在書桌上」的話，不會用 There is，而會說 Your bag is on the desk.。

基本練習

答案在315頁。
對完答案後，請聽CD跟著唸出英語發音。

mp3 89

■ **重新排列（ ）中的詞語，完成英文句子。**

(1) 椅子上有一隻貓。（ a cat / there is / on the chair ）

----

(2) 箱子裡有6個蘋果。
（ in the box / six apples / there are ）　　　　　　箱子：the box

■ **請翻譯成英文。**

(3) 牆上有一幅畫。　　　　　　牆上：on the wall　　一幅畫：a picture

----

(4) 我家附近有一間書店。　　　　　　書店：a bookstore

----

(5) 京都（Kyoto）有很多神社。　　　　很多的：a lot of...　　神社：shrine

----

(6) 杯子裡有一些牛奶。　　　　一些牛奶：some milk　　杯子：the cup

----

(7) 公園裡有很多人。（翻譯成過去式）

----

76 「沒有···」

There is... 是使用 be 動詞的句子，所以形成否定句的方式和一般的 be 動詞句子相同。

在 is 或 are 後面加上 not，就會變成「沒有···」的意思。縮寫 isn't 和 aren't 也很常用。

There is [not] a park near my school. 我學校附近沒有公園。

is, are 後面加上 not 就是否定句

There are [not] any dogs in the park. 公園裡沒有任何狗。
└ 複數

（There is 也可以縮寫成 There's。所以，否定句也可以說成 There's not...。）

否定句裡經常使用 any，如 There aren't any...。not any 表示「沒有任何···」、「連一個···也沒有」的意思。

There aren't any ～.

not any 表示「沒有任何···」

要表達過去的情況，例如「當時沒有···」的時候，會把 be 動詞改成過去式。

There wasn't ～.
There weren't ～.

過去式的否定句使用 wasn't 或 weren't！

➕ 細說分明　除了〈not any＋名詞〉以外，〈no＋名詞〉也很常用。There were not any mistakes. = There were no mistakes.（沒有任何錯誤。）

196

基本練習

答案在316頁。
對完答案後，請聽CD跟著唸出英語發音。

mp3
90

■ 請改寫成否定句。

(1) There is a computer in the classroom.　　　classroom：教室

----

(2) There was a stadium in my city.　　　stadium：體育場

----

(3) There were some flowers in the garden.　　flower：花　　garden：花園

■ 請翻譯成英文。

(4) （當時）公園裡沒有任何人。　　　人們（複數形）：people

----

(5) 這附近沒有醫院。　　　醫院：a hospital　　在這附近：near here

----

(6) 桌子上沒有任何書。

77

There is[are]... 的疑問句與回答方式
「有…嗎？」

要問「在～有…嗎？」的時候，和 be 動詞的疑問句一樣，句子用 be 動詞開頭，句型是 Is there...? 或 Are there...?。

複數的 Are there...? 句型，和否定句一樣，經常使用 any... 的表達方式。在疑問句裡，any 的意思是「有任何…嗎？」。

對於 Is there...? 和 Are there...? 疑問句，會先回答 Yes（是）或 No（不），然後再用 there 回答。

過去式的疑問句型是 Was there...? 和 Were there...?，意思是「（當時）有…嗎？」。回答的時候，be 動詞也會使用過去式。

⊕ 細說分明　把句型改成 There will be...，就可以表達未來的情況：「將會有…」。There will be another test next week.（下週將會有另一場考試。）

基本練習

答案在316頁。
對完答案後，請聽CD跟著唸出英語發音。

mp3 91

■ 請改寫成疑問句。

(1) There is a blue bag under the table.

blue：藍色的

_____

(2) There is a library near your house.

_____

■ 使用（　）裡的單字，把句子翻譯成英文，然後分別回答　①是 和 ②不。

（例）這附近有郵局嗎？（is）

　　Is there a post office near here?
_____

　→　① Yes, there is.　　② No, there isn't.

(3) 你的城市裡有機場嗎？ （is）

_____

　→　①_____　②_____

機場：an airport　　城市：city

(4) （過去式）那座動物園裡有很多動物嗎？（many）

_____

　→　①_____　②_____

動物：animals　　動物園：the zoo

(5) 牆上有（任何）畫嗎？ （any）

_____

　→　①_____　②_____

畫：pictures　　在牆上：on the wall

解答在316頁
對完答案後，請聽CD跟著唸出英語發音。

mp3 92

There is... 的句子

1 從（　　）中選出適當的答案，用○圈起來。　　　　【各5分，共20分】

(1) There（ has / is / are ）a post office near his house.
郵局

(2) There（ is / are / have ）twenty-two students in my class.

(3) （ Do / Does / Are ）there many cherry trees in the park?
櫻花樹

(4) There（ didn't / isn't / wasn't ）a baseball stadium in this city last year.
棒球場

2 依照圖片內容，用英文回答以下問題。　　　　【各8分，共16分】

(1) Is there a guitar in the room?

----

(2) Are there any pictures on the wall?

3 請依照（　　）裡的指示改寫英文句子。　　　　【各8分，共16分】

(1) There is a hospital next to the station.（改成疑問句）

----

hospital：醫院　　　next to...：在…旁邊

(2) There was a Japanese school here before.（改為否定句）

Japanese school：日僑學校　　　before：以前

4 請翻譯成英文。 【各8分，共48分】

(1) （當時）街上沒有任何小孩。　　小孩：child（複數形是 children）　　街上：on the street

----

(2) （過去）那裡有一棟古老的舊築物。　　古老的建築物：an old building　　那裡：over there

----

(3) 盒子裡有蛋糕嗎？　　　　　　　　　　　　　　　　　　蛋糕：a cake

----

(4) 我的房子裡有四個房間。　　　　　　　　　　　　　　房間：room

----

(5) 我家有五個人。　　　　　　　　　　　　　　　　　家庭：family

　　　　　　　　　　　　　　　　　　　請想成「我的家庭裡有五個人」。

(6) 那裡有一隻狗。

使用疑問詞的疑問句

要詢問數量，例如「有幾個…？」或「有幾位…？」的時候，句子用 How many 開頭，句型是〈How many＋複數名詞＋are there...?〉。

　How many English teachers are there in your school？
　（你學校裡有幾位英文老師？）
　— There are seven（teachers）.　（有七位。）

進階學習

201

78 「成為…」、「看起來…」等等

這一課要學的是「成為…」、「看起來…」的表達方式。

要表示「成為…」的時候，會使用 become 這個動詞。become 後面可以接 a singer（歌手）或 famous（有名的）等等，表示「成為歌手」、「變得有名」。（become 的過去式是 became。）

還記得 look at 是表示「看…」吧。要表示「某物（某人）看起來…」的時候，也是用 look（這時候不加 at）。look 後面接 happy（快樂的、幸福的）或 tired（累的）等形容詞，就可以表示「看起來很快樂」、「看起來很累」的意思。

動詞 sound 表示「聽起來…」，get 表示「變得…」。這兩個動詞後面都接形容詞。

It sounds easy. 那聽起來很簡單。
She got angry. 她生氣了。

➕ 文法用語　這一課的 become 和 look 句型，結構和 be 動詞句型一樣，都是「SVC 句型」（p.212），表示〈主詞＝補語〉的關係。另外，look 後面如果加上介系詞 like（像是…），變成〈look(s) like＋名詞〉的話，就可以表示「看起來像是（名詞）」。

基本練習

答案在316頁。
對完答案後，請聽CD跟著唸出英語發音。

mp3 93

■ 選擇適當的動詞填入 □□□ 中，必要的話請改變成適當的形態。

> look   sound   get

(1) （對於聽到的事情）那聽起來很簡單。

It □□□□□□ easy.
　　　　簡單的

(2) 吳老師（Ms. Wu）生氣了。

Ms. Wu □□□□□□ angry.
　　　　　　生氣的

(3) 我爸爸看起來非常年輕。

My father □□□□□□ very young.
　　　　　　　年輕的

■ 請翻譯成英文。

(4) 怡君（Yijun）看起來很快樂。

----

(5) 他們變有名了。　　　　　　　　　　　　　　　　有名的：famous

----

(6) （對於聽到的事情）那聽起來很有趣。　　　　　有趣的：interesting

That --- .

(7) 家豪（Jiahao）成為了足球員。　　　　　　　足球員：a soccer player

----

(8) （過去式）那棟建築物看起來很新。　　　　那棟建築物：that building

79

「給…」、「讓人看…」等等

使用 give, show 等等的句子

這一課要學的是「給（某人）…」和「讓（某人）看…」的說法。

要表示「給（某人）…」，例如「給他禮物」的時候，會使用 give。give 後面依照「給的對象」→「給的東西」的順序來講就行了。

要表示「讓（某人）看…」，例如「讓我看你的狗」的時候，會使用 show。show 後面接「展示的對象」→「展示的東西」。

要表示「告訴（某人）…」的時候，會使用 tell。tell 後面接「人」→「事物」。這個順序你應該已經熟悉了吧。

give, show, tell 後面的順序都是「人」→「事物」。「人」的部分經常使用 me（我）、you（你）、him（他）、her（她）等代名詞受格。

> Please **tell** me the way.
> 　　　　　告訴　〈人〉　〈事物〉
>
> 請告訴我路該怎麼走。

➕ **文法用語**　〈give/show/tell＋人＋物〉句型裡有兩個受詞（O），所以稱為「SVOO 句型」。表示「對象（人）」的受詞稱為「間接受詞」，表示「事物」的受詞稱為「直接受詞」。（→p.213）

基本練習

答案在316頁。
對完答案後，請聽CD跟著唸出英語發音。

■ **請重新排列（　　）裡的詞語，完成英文句子。**

(1) 我會給你一個禮物。　（ a present / give / you ）

I'll _____ .

(2) 請告訴我往車站的路線。　（ tell / the way / me ）　　　　路線：way

Please _____ to the station.

(3) 怡君（Yijun）讓我們看了一些照片。
（ us / some pictures / showed ）

Yijun _____ .

■ **請在每一句的空格裡加上四個單字，完成英文句子。**

(4) 我沒有告訴她那個故事。　　　　　　　　　　　那個故事：the story

I didn't _____ .

(5) 爸爸給了我一台單車。　　　　　　　　　　　　一台單車：a bike

My father _____ .

(6) 我們給了阿偉（Wei）一顆球。　　　　　　　　一顆球：a ball

We _____ .

(7) 請讓我看你的筆記本。　　　　　　　　　　　　筆記本：notebook

Please _____ .

80

call, name, make 的句型（SVOC）

「稱呼 A 為 B」、「使 A 變成 B」

這一課要學的是「稱呼 A 為 B」和「使 A 變成 B」等表達方式。

要表達「**稱呼** A **為** B 」，例如「我們叫他小明」的時候，只要使用 call，說〈call A B〉就行了。A→B 的順序很重要。

同樣的，「**把** A **取名為** B 」是用〈name A B〉表達。（這裡的 name 是表示「命名」的動詞。）

要表達「**使** A **變成** B 」，例如「這首歌讓我很快樂」的時候，會使用 make，句型是〈make A B〉。A→B 的順序同樣是重點。

➕ **文法用語**　〈call/name/make＋A＋B〉的句型，結構是〈主詞＋動詞＋受詞＋補語〉，所以稱為「SVOC 句型」。這裡的補語和受詞是相等的關係（A＝B 的關係）。（→p.213）

基本練習

■ 請翻譯成英文。

(1) 我是純一。請叫我純（Jun）。

I'm Junichi.　Please _____.

(2) 我叫她梅格（Meg）。

----

(3) 立明（Liming）的爸媽叫他小明（Ming）。　　　　　　爸媽：parents

----

(4) 我們把那隻狗取名為洛基（Rocky）。　　　　　　那隻狗：the dog

----

(5) 她的話讓我很快樂。（過去式）　　　話語：words　　快樂的：happy

----

(6) 那個消息讓他很悲傷。（過去式）　　那個消息：the news　　悲傷的：sad

----

(7) 這部電影讓她變得有名。（過去式）　　電影：movie　　有名的：famous

----

(8) 他的笑容總是讓我很快樂。　　　　　　　　　　笑容：smile

----

81 各種句型和動詞的整理

這一課要複習目前為止學到的動詞和句型。

「看起來…」是用〈look＋形容詞〉表達；「成為…」是用〈become＋形容詞〉表達。become 後面可以接名詞（職業等等）。

主詞	動詞	形容詞或名詞		
She	looks	happy.	（形容詞）	（她看起來很快樂。）
	became	famous.	（形容詞）	（她變得有名了。）
		a singer.	（名詞）	（她成為歌手了。）

※sound（聽起來…）、get（變得…）等動詞，也是使用同樣的句型。

「給 某人 某物」是用〈give 某人 某物〉表達，「讓 某人 看 某物」是用〈show 某人 某物〉表達，〈告訴 某人 某物〉是用〈tell 某人 某物〉表達。

主詞	動詞	人	事物	
I	gave	Lisa	some books.	（我給了莉莎一些書。）
	showed	him	my pictures.	（我讓他看我的照片。）
	told	her	the way.	（我告訴她路線。）

請注意，當表示「對象」的詞語是代名詞的時候，要使用 me、him 等形態（受格→p.96）。

「稱呼 A 為 B」是〈call A B〉，「把 A 取名為 B」是〈name A B〉，「使 A 變成 B」是〈make A B〉。

主詞	動詞	A	B	
We	call	him	Sam.	（我們叫他山姆。）
The news	made	us	sad.	（那個消息讓我們很悲傷。）

➕ 細說分明　除了 give/show/tell 以外，send（寄）和 teach（教）也可以使用〈動詞＋人（對象）＋事物〉的句型。I'll send you some pictures.（我會寄給你一些照片。）Mr. Chen teaches us math.（陳老師教我們數學。）」

基本練習

答案在316頁。
對完答案後，請聽CD跟著唸出英語發音。

mp3
96

SVC, SVOO,
SVOC

■ 在 ☐ 中填入適當的動詞。

(1) 我會給你這本書。

I'll ☐ you this book.

(2) 請叫我肯（Ken）。

Please ☐ me Ken.

(3) 我媽媽昨天看起來很累。

My mother ☐ tired yesterday.

■ 請翻譯成英文。

(4) 他的信讓我很開心。（過去式）　　　　　　　　　　　　　　　信：letter

- -

(5) 泰德（Ted）成為了受歡迎的作家。　　　　　受歡迎的作家：a popular writer

- -

(6) 我爸告訴我一個有趣的故事。（過去式）　　　一個有趣的故事：an interesting story

- -

(7) 史密斯老師（Mr. Smith）讓我們看了一張很美的卡片。

- -
　　　　　　　　　　　　　　　　　　　　　　　　　　　一張很美的卡片：a beautiful card
(8) 你看起來很蒼白。　　　　　　　　　　　　　　　　　　　　　蒼白的：pale

- -

(9) 這本書讓他變得有名了。

- -

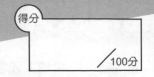

使用各種動詞的句型

1 請從（　　）中選出適當的答案，用〇圈起來。　　　　【各4分，共20分】

(1)　My name is Akiko.　Please（ teach / call / give ）me Akko.

(2)　I showed（ he / him / his ）this picture.

(3)　Lisa gave（ Tom cookies / cookies Tom ）.
　　　　　　　　　　餅乾

(4)　My grandfather will（ is / tell / get ）well soon.
　　　爺爺　　　　　　　　　　　　健康的

(5)　Let's go to the zoo. — That（ sees / hears / sounds ）good.
　　　　　　　　動物園

2 重組（　　）中的詞語，完成正確的英文句子。　　　　【各4分，共20分】

(1)　Can you（ me / his name / tell ）?
　　　Can you ＿＿＿＿＿＿＿＿＿＿＿＿＿＿＿＿＿＿＿＿＿＿＿＿＿ ?

(2)　Please（ me / new computer / show / your ）.
　　　Please ＿＿＿＿＿＿＿＿＿＿＿＿＿＿＿＿＿＿＿＿＿＿＿＿＿ .

(3)　Did（ give / her / you / a present ）?
　　　Did ＿＿＿＿＿＿＿＿＿＿＿＿＿＿＿＿＿＿＿＿＿＿＿＿＿ ?

(4)　（ made / the story / sad / us ）.
　　　　　　故事　　悲傷的
　　　＿＿＿＿＿＿＿＿＿＿＿＿＿＿＿＿＿＿＿＿＿＿＿＿＿＿＿＿

(5)　（ a / tennis player / became / he / famous ）.
　　　　　　　　　　　　　　　　　　　　有名的
　　　＿＿＿＿＿＿＿＿＿＿＿＿＿＿＿＿＿＿＿＿＿＿＿＿＿＿＿＿

3 請翻譯成英文。

【各 10 分，共 60 分】

(1) 你可以告訴我你的電子郵件位址嗎？　　　　　　　　電子郵件位址：e-mail address

----

(2) 陳小姐（Ms. Chen）看起來非常累。（過去式）　　　　　累的：tired

----

(3) 那個消息讓他們很快樂。　　　　　　　　　　　　那個消息：the news

請想成「那個消息使他們變得快樂」。

(4) 請告訴我往圖書館的路線。　　　　　　　　　　　路線：the way

----

(5) 政府給了他們許多錢。　　　　　　　　　　　政府：the government

----

(6) 祖母告訴了我們許多有趣的故事。

改寫 give、show 的句子

表達「給（人）（物）」或「讓（人）看（物）」的時候，動詞後面是依序接「人」→「物」。這個順序是不能改變的。不過，只要使用介系詞 to，就可以改變「人」和「物」的順序。

· I'll give you a present.　→　I'll give a present to you.
　（我會給你一個禮物。）
· Please show me your pictures.　→　Please show your pictures to me.
　（請讓我看你的照片。）

進階學習

英語的五大句型

英語的句型可以分為以下五種類型。

名稱	結構	例
第 1 類句型	SV 主詞＋動詞	She sings very well. S　V　修飾語
第 2 類句型	SVC 主詞＋動詞＋補語	I am busy. S V C
第 3 類句型	SVO 主詞＋動詞＋受詞	I play tennis. S V O
第 4 類句型	SVOO 主詞＋動詞＋受詞＋受詞	He gave me a book. S V O O
第 5 類句型	SVOC 主詞＋動詞＋受詞＋補語	We call him Ken. S V O C

〈簡稱〉S…主詞（subject）　V…動詞（verb）　O…受詞（object）　C…補語（complement）

● SV（第 1 類句型）

由主詞和動詞組成的句子。動詞後面有時候會接修飾語（副詞，或者以介系詞引導的片語）。

She sings very well.（她唱歌唱得很好。）
S　V　修飾語

I walk every morning.（我每天早上走路。）
S　V　修飾語

這個句型使用的動詞沒有受詞。sing（唱）、walk（走路）等動詞，就算沒有受詞，句子也是成立的。沒有受詞的動詞稱為「不及物動詞」。

● SVC（第 2 類句型）

由主詞、動詞和補語（說明主詞的名詞或形容詞）組成的句子，具有「主詞＝補語」的關係。

I am busy.（我很忙。）
S V C

She became a doctor.（她成為了醫師。）
S　V　　C

He looked happy.（他看起來很快樂。）
S　V　　C

be 動詞的句子屬於這種句型。適用於這種句型的動詞，只有 be 動詞、become（成為…）、look（看起來）等等。（→p.202）

● SVO（第 3 類句型）

由主詞、動詞和受詞組成的句子。

I play tennis.（我打網球。）
S　V　　O

She likes music.（她喜歡音樂。）
S　V　　O

play、like 等動詞都需要受詞。需要受詞的動詞，稱為「及物動詞」。一般動詞當中，有很多動詞適用這種句型。

● SVOO（第 4 類句型）

表達「給（某人）（某物）」等情況的時候，句型中有兩個受詞。

He gave mc a book.（他給了我一本書。）
S　V　O　O

I showed her my notebook.（我讓她看我的筆記本。）
S　V　　O　　O

第一個受詞稱為間接受詞，第二個受詞稱為直接受詞。只有一部分的動詞適用這個句型，例如 give（給）、tell（告訴）、show（讓人看）、teach（教）等等。（→p.204）

● SVOC（第 5 類句型）

表達「把…稱為～」「使…變成～」的時候使用的句型，具有「受詞＝補語」的關係。

We call him Ken.（我們叫他肯。）
S　V　O　C

The news made me happy.（那個消息讓我很快樂。）
　　S　　V　O　C

只有一部分的動詞適用這個句型，例如 call（叫，稱呼）、make（使…變成～）、name（命名）等等。（→p.206）

82 「比…更～」

從這一課開始，要學習的是比較人或物的各種說法。

「高的」是 tall，「快速地」是 fast。如果要和其他對象比較，例如「比…更高」或「比…更快速地」的時候，必須改變這些單字的形態。

表達「更…」的時候，會使用字尾加 er 的形態。這種形態稱為「**比較級**」。

tall → taller	fast → faster
高的　　更高的	快速地　　更快速地

「比肯更高」、「跑得比美沙更快」裡面的「比…」，是用 than... 來表達。在比較級後面接 than，就可以形成比較的句子。

要問「A 和 B 哪個比較…？」的時候，把表示「哪個」的疑問詞 Which（→p.80）放在句子的開頭，最後加上 A or B? 就行了。

四月和五月，哪個比較長？

⊕ 英語會話　Which is..., A or B? 的語調，通常是 Which is... （↘）, A （↗）or B （↘）？。Which is cheaper （↘）, this one （↗）or that one （↘）？（這個和那個，哪個比較便宜？）

■ 把（　）裡的單字改成適當的形態，填入 ☐ 中。

(1) 這台電腦比那台新。（new）

This computer is ☐☐☐☐☐ than that one.

那個東西（= computer）

(2) 品瀚（Pinhan）比他爸爸高。（tall）

Pinhan is ☐☐☐☐☐ than his father.

(3) 這個包包比我的小。（small）

This bag is ☐☐☐☐☐ than mine.

我的東西

■ 請翻譯成英文。

(4) 王老師（Ms. Wang）比我媽媽年紀大。

年紀大的：old

_____ than my mother.

(5) 三月比二月長。

二月：February

March is longer _____.

(6) 玉山（Yushan）比合歡山（Hehuanshan）高。

（山）高的：high

_____

(7) 家豪（Jiahao）跑得比俊彥（Junyan）快。

快速地：fast

_____

(8) 這個隊伍比我們的隊伍強。

隊伍：team　　強的：strong

_____

比較

這一課要學的，是比較三個以上的對象時「…之中最～」的說法。

表達「最…」的時候，會使用字尾加 est 的形態。這種形態稱為**「最高級」**。最高級通常會加 the。

tall → tallest	fast → fastest
高的　　　最高的	快速地　　最快速地

「在三人當中最高」「在班上跑得最快」等句子，只要在最高級後面加上表示「…之中」的 of... 或 in... 就行了。

「…之中」的說法，如果接表示複數的詞語就用 of，如果接場所、範圍、團體就用 in。

```
- of + 表示複數的詞語 -
of the five    五個（五人）之中
of all         全部（所有人）之中
```

```
- in + 表示場所或範圍的詞語 -
in Japan       在日本（之中）
in my family   在我的家人（之中）
```

要用最高級問「誰（哪個）最…」的時候，句子用 Which 開頭。

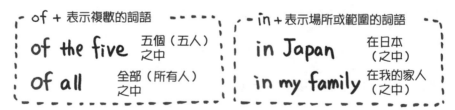

⊕ 細說分明　形容詞最高級的後面可以接名詞，例如 Tom is the tallest person of the three.。形容詞最高級之所以要有 the，不妨想成是因為省略了 person 等名詞的關係。副詞最高級不加 the 也沒關係。

■ 把（　　）裡的單字改成適當的形態，填入 ☐ 中。

(1) 這台電腦是三台裡面最新的。（new）

This computer is the ☐ of the three.

(2) 品瀚（Pinhan）是他家裡最高的。

Pinhan is the ☐ in his family.

(3) 這個包包是所有的包包裡面最小的。（small）

This bag is the ☐ of all.

■ 將下列句子翻譯為英文。

(4) 俊彥（Junyan）是他班上最強壯的。　　　　　強壯的：strong

_____ in his class.

(5) 他是四個人裡面最年輕的。

He is the youngest _____.

(6) 濁水溪（Zhuoshui River）是台灣最長的（河川）。

Zhuoshui River is the longest _____.

(7) 她（當時）在她班上跑得最快。　　　　　跑（run）的過去式：ran

_____

(8) 哪一座山最高？　　　　　山：mountain　　（山）高的：high

_____

(9) 這是這個鎮上最古老的建築物。　　　　　建築物：building　　城鎮：town

_____

比較

217

84 要注意的比較級變化①

還記得比較級加 er，最高級加 est 對吧。

long 長的　　**longer** 比較長的　　**longest** 最長的

雖然通常只要在字尾加上 er、est 就好，但也有不一樣的情況。

large（大的）等字尾是 e 的單字，只加 r, st。

① 只加 r. st
large 大的 - **larger** - **largest**

busy（忙的）、easy（簡單的）、early（早的）、happy（快樂的）是把字尾的 y 改成 i，再加上 er, est。

② 把 y 改成 i 再加 er, est
busy 忙的 - **busier** - **busiest**
easy 簡單的 - **easier** - **easiest**

big（大的）之類的單字，是重複最後一個字母，再加 er, est。

③ 重複最後一個字母再加 er, est
big 大的 - **bigger** - **biggest**
hot 熱的 - **hotter** - **hottest**

也有不是加 -er, -est，而是不規則變化的單字。

🐰 不規則變化
good 好的
well 很好地 ｝better - best
many 多數的
much 多量的 ｝more - most

➕ 細說分明　嚴格來說，要把 y 改成 i 的是字尾為「a, e, i, o, u 以外的字母＋y」的單字，要重複最後一個字母的是字尾為「子音＋有重音的母音＋子音」的單字，而符合這些條件的單字並不多。另外，bad（壞的）—worse—worst、little（少量的）—less—least 也是不規則變化。

基本練習

答案在317頁。
對完答案後，請聽CD跟著唸出英語發音。

mp3
100

■ **請寫出每個單字的比較級和最高級。**

		比較級	最高級
(1)	hot（熱的） —		—
(2)	easy（簡單的） —		—
(3)	large（大的） —		—
(4)	good（好的） —		—
(5)	many（多的） —		—

■ **請翻譯成英文。**

(6) 我的狗比你的狗大。　　　　　　　　　　　　　　　　你的東西：yours

---

(7) 阿偉（Wei）是我最好的朋友。　　　　　　　　　　　　好的：good

---

(8) 林老師（Ms. Lin）是我們學校裡最忙的老師。

　　　　　　　　　　　　　　　　　　　　　　　　　　our school.

---

(9) 中國和加拿大，哪個比較大？　　　廣大的：large　中國：China　加拿大：Canada

---

(10) 今天是我的人生中最快樂的一天。　　　　　　　　　我的人生中：of my life

比較

要注意的比較級變化②

比較級、最高級其實還有另一種形態。例如 popular（受歡迎的）是不加 er 或 est 的。popular 的比較級是 more popular，最高級是 most popular。populparer（✕）和 popularest（✕）都是錯的。

popular
受歡迎的

more popular
比較受歡迎的

most popular
最受歡迎的

除了 popular 以外，還有其他不加 er, est 的單字。請先記住下面十個單字。這些單字本身不會變化，只要在前面加上 more（比較級）或 most 就行了。不可以改變成 difficulter（✕）之類的形態。

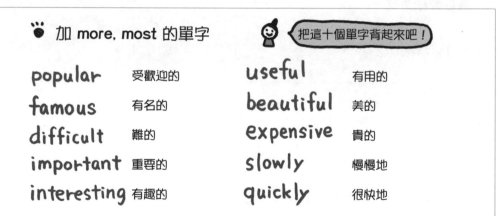

👋 加 more, most 的單字　　😀 把這十個單字背起來吧！

popular	受歡迎的	**useful**	有用的
famous	有名的	**beautiful**	美的
difficult	難的	**expensive**	貴的
important	重要的	**slowly**	慢慢地
interesting	有趣的	**quickly**	很快地

請注意，前三課學過的單字，都不能加 more 或 most。

不要忘了一般的單字是使用 -er, -est 的變化形態。

一般的單字是加 er, est

○ tall - taller - tallest

不要搞混 ✕ more tall ✕ most tall 是錯的！

➕ 細說分明　採用 more...、most... 形態的單字，是三個音節以上的單字，還有字尾是 -ful, -ous, -ing 的單字。除了上面介紹的單字以外，還有 careful（小心的）、wonderful（很好的）、exciting（令人興奮的）等等。

■ 使用（ ）中的單字，完成符合中文意義的句子。

(1) 這本書比那本書難。（difficult）

This book is ⬚ than that one.

(2) 網球是我們學校裡最受歡迎的運動。（popular）

Tennis is the ⬚ sport in our school.

(3) 這部電影是三部之中最有趣的。（interesting）

This movie was the ⬚ of the three.

■ 請翻譯成英文。

(4) 這張照片比那張美。

----

(5) 這座公園是我們的城市裡最有名的。　　　　　　　　　　　城市：city

----

(6) 我認為國文是最重要的科目。　　　　　國文：Chinese　　　科目：subject

----

(7) 請你說得稍微慢一點。　　　　　　　　　　　　　　　　稍微：a little

----

(8) 他的車比我的貴。　　　　　　　　　　　　　　　　　貴的：expensive

比
較

86 「和…一樣～」

「比…更～」是用比較級表達，「…之中最～」是用最高級表達。那「和…一樣～」又該怎麼說呢？

要表達某個對象和另一個對象「同樣～」的時候，會使用 as ~ as... 的句型。big、fast 等單字的形態不會改變。

> as big as ~ （和～一樣大）
> as fast as ~ （和～一樣快速地）

舉例來說，談到自己的狗的時候，要表示和什麼「一樣大」的話，只要在 as big as 後面加上比較對象就行了。

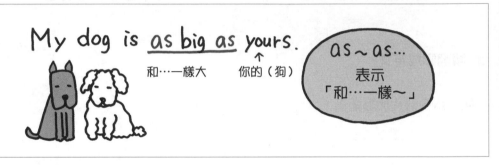

My dog is <u>as big as</u> yours.
和…一樣大　　你的（狗）

as ~ as...
表示
「和…一樣～」

as ~ as... 的否定句是 not as ~ as... ，意思是**「沒有…那麼～」**。
例如 not as tall as... 就是「沒有…那麼高」的意思。

I'm [not] as tall as Peiling.
要加 not 哦！

我沒有佩玲
那麼高

上面的句子是表示「我比佩玲矮」的意思。

➕ 細說分明　as ~ as... 句型稱為「同級比較」。as ~ as... 裡面的第一個 as 是表示「程度相同地」的副詞，第二個 as 是表示「和…比起來」的連接詞。另外，as ~ as... 也可以用來表示「幾倍」。A is <u>three times</u> as large as B.（A 是 B 的三倍大。）

■ 使用（　）中的單字，完成符合中文意義的句子。

(1) 我能跑得和小明（Ming）一樣快。（fast）

I can run ［　　　　　　　　　　］ Ming.

(2) 我姊姊和我媽媽一樣高。（tall）

My sister is ［　　　　　　　　　］ my mother.

(3) 他的單車沒有我的那麼新。（new）

His bike isn't ［　　　　　　　　］ mine.

■ 請翻譯成英文。

(4) 湯姆（Tom）和我哥哥年紀一樣大。

＿＿＿＿＿＿＿＿＿＿＿＿＿＿＿＿ my brother.

(5) 我沒有我媽媽那麼忙。

I'm not ＿＿＿＿＿＿＿＿＿＿＿＿＿＿ .

(6) 我的包包和你的一樣大。

＿＿＿＿＿＿＿＿＿＿＿＿＿＿＿＿＿＿

(7) 怡君（Yijun）能游泳游得跟怡芳（Yifang）一樣好。

＿＿＿＿＿＿＿＿＿＿＿＿＿＿＿＿＿＿

能游泳：can swim　　很好地：well

(8) 這本書沒有那本有趣。

＿＿＿＿＿＿＿＿＿＿＿＿＿＿＿＿＿＿

(9) 這支手錶沒有你的那麼貴。　　手錶：watch　　貴的：expensive

＿＿＿＿＿＿＿＿＿＿＿＿＿＿＿＿＿＿

比較

比較級句型 / 最高級句型 / as ~ as… 句型

比較句型的整理

接下來要複習各種比較句型。

　　基本上，比較級是加 er，最高級是加 est。不過，popular, difficult, interesting 等單字不會改變本身的形態，而是在前面加上 more, most 形成比較級、最高級。也有一些單字是像 good—better—best 一樣，以不規則方式變化。

	形容詞、副詞	比較級（比較…）	最高級（最…）
☐	long（長的）	longer	longest
☐	large（大的）	larger	largest
☐	easy（簡單的）	easier	easiest
☐	big（大的）	bigger	biggest
☐	popular（受歡迎的）	more popular	most popular
☐	good（好的）	better	best
☐	well（很好地）		

各種比較句型如下。

比…更～ 比較級＋than …	A is long**er than** B. （A比B長。） A is **more** interesting **than** B. （A比B有趣。）
…之中最～ the＋最高級＋of[in] …	A is **the longest of** all. （A是所有東西裡面最長的。） A is **the most** interesting **of** all. （A是所有東西裡面最有趣的。）
和…一樣～ as＋形容詞/副詞＋as …	A is **as** big **as** B. （A和B一樣大。）
沒有…那麼～ not as＋形容詞/副詞＋as …	A is **not as** big **as** B. （A沒有B那麼大。）

➕ 細說分明　〈比較級＋than any other＋單數名詞〉的意思是「比其他任何…都～」，可以表示和最高級一樣的意思。Zhuoshui River is longer than any other river in Taiwan.（濁水溪比台灣其他任何一條河川都要長。）

基本練習

答案在317頁。
對完答案後，請聽CD跟著唸出英語發音。

■ 為畫底線的單字添加（　　）裡的訊息，並且改寫句子。

(1) Your bag is big.（＋比我的更…）
Your bag is _____.

我的東西：mine

(2) Sun Moon Lake is a large lake.（＋台灣最大的）
　　日月潭
Sun Moon Lake is _____.

比較

(3) My camera is good.（＋比這個更…）
My camera is _____.

(4) I can dance well.（＋和雅婷（Yating）一樣）
　　跳舞
I can dance _____.

(5) This is an important problem.（＋在全部當中最…）
This is _____.

(6) I think baseball is popular（＋比排球更…）
I think baseball is _____.

排球：volleyball

(7) He is a famous writer.（＋在他的國家裡最…）
He is _____.

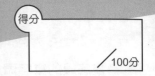

解答在317頁
對完答案後，請聽CD跟著唸出英語發音。

比較句型

• •

1 把（　　）裡的單字填入 ⬚ 中，必要時請改成適當的形態。答案的字數不一定只有一個字。 【各4分，共32分】

(1) This cell phone is ⬚ than my hand.　　　（ small ）
手

(2) This question is the ⬚ of all.　　　（ easy ）

(3) Peiling speaks English ⬚ than Shufen.　　　（ well ）

(4) Soccer is as ⬚ as baseball in Japan.　　　（ popular ）

(5) This book is ⬚ than that one.　　　（ interesting ）

(6) It's ⬚ today than yesterday.　　　（ hot ）

(7) Fall is the ⬚ season for reading.　　　（ good ）
秋天　　　　　　　　　　　　　　　閱讀

(8) Your dog is ⬚ than mine.　　　（ big ）

2 為以下的句子增加（　　）裡的訊息，並加以改寫。 【各6分，共12分】

(1) This lake is deep. （＋比日月潭（Sun Moon Lake）更⋯）

--.

(2) Soccer is a popular sport. （＋在他們的國家裡最⋯）

--.

3 把中文翻譯成英文。

【各8分，共56分】

(1) 他不能唱得像冠廷（Guanting）那麼好。

很好地：well

----

(2) 我的電腦的比你的快。

快速的：fast

----

(3) 這部電影是那三部裡最有趣的。（過去式）

----

(4) 陳先生（Mr. Chen）和我爸爸年紀一樣大。

----

(5) 這四個（國家）裡哪個國家最大？

國家：country　廣大的：large

----

(6) 我們今天比平常更忙。（過去式）

比平常更：than usual

----

(7) 這是這間飯店裡最好的房間。

飯店：hotel

---

like ... better、like ... the best

要表達「比起 B 更喜歡 A」的時候，會使用 better，句型是 like A better than B。
- I like winter better than summer.（比起夏天，我更喜歡冬天。）
- Which do you like better, tea or coffee?
（紅茶和咖啡，你比較喜歡哪個？）

要表達「最喜歡…」的時候，會使用 best，句型是 like ... the best。有時候不會加 the。
- I like science（the）best of all subjects.（在所有科目中，我最喜歡理科。）
- What sport do you like （the） best?（你最喜歡什麼運動？）

進階學習

88 「被動」是什麼？

從這一課開始，我們要學的是「被動」句型。

所謂「被動」，就是「○○被…（了）」的表達方式（又稱為被動態）。讓我們比較看看一般句型和被動句型的差別。

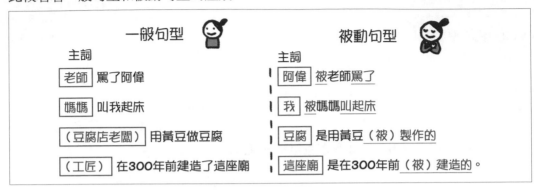

一般句型　　　　　　　　　被動句型

主詞

| 老師 | 罵了阿偉 |

| 媽媽 | 叫我起床 |

| （豆腐店老闆） | 用黃豆做豆腐 |

| （工匠） | 在300年前建造了這座廟 |

主詞

| 阿偉 | 被老師罵了 |

| 我 | 被媽媽叫起床 |

| 豆腐 | 是用黃豆（被）製作的 |

| 這座廟 | 是在300年前（被）建造的。 |

「主詞做什麼」是一般的句子，「主詞被做了什麼」是被動句。

現在請回想一下「英語的句子必須要有主詞」的原則。對於左邊的一般句型，就算談論的主題是「豆腐」或「廟」，在英語裡也必須要有某個主詞，句子才能成立。在這個時候，被動句就是一種很方便的表達方式。

被動句是使用 be 動詞，後面接 **過去分詞**（一種動詞變化形態，會在下一課詳細介紹）。

「被…」的現在式，是使用 be 動詞的現在式（am, is, are）；過去式則是使用 be 動詞的過去式（was, were）。

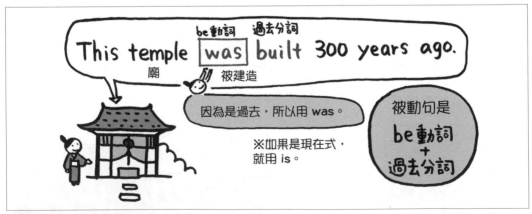

be動詞　　過去分詞

This temple was built 300 years ago.

廟　　　被建造

因為是過去，所以用 was。

※如果是現在式，就用 is。

被動句是 be動詞 + 過去分詞

⊕ 文法用語　表示「被做…」的句子稱為「被動態」。相對的，表示「做…」的一般句子稱為「主動態」。

基本練習

答案在318頁。
對完答案後，請聽CD跟著唸出英語發音。

■ 請翻譯成英文。請注意這些是表示「（主詞）被…」的被動句。

(1) 這間房間每天（被）清理。　　　　　　　　　　　清理（clean）的過去分詞：cleaned

This room ＿＿＿＿＿＿＿＿＿＿＿ every day.

(2) 這款電腦（被）使用在許多國家。　　　　　　　　使用（use）的過去分詞：used

This computer ＿＿＿＿＿＿＿＿＿ in many countries.

(3) 豆腐是由黃豆（被）製作的。　　　　　　　　　　製作（make）的過去分詞：made

Tofu ＿＿＿＿＿＿＿＿＿＿ from soybeans.
　　　　　　　　　　　　　黃豆

(4) 我的房子（被）建造於 1950 年。　　　　　　　　建造（build）的過去分詞：built

My house ＿＿＿＿＿＿＿＿＿＿ in 1950.

(5) 這幅畫是 300 年前（被）畫的。　　　　　　　　　畫（paint）的過去分詞：painted

This picture ＿＿＿＿＿＿＿＿＿ 300 years ago.

(6) 這些國家打棒球。　　　　　　　　　　　　　　　打（球）（play）的過去分詞：played

Baseball ＿＿＿＿＿＿＿＿＿＿ in these countries.

(7) 這塊石頭是在埃及被發現的。　　　　　　　　　　發現（find）的過去分詞：found

This stone ＿＿＿＿＿＿＿＿＿＿ in Egypt.
　　石頭　　　　　　　　　　　　　埃及

被動

89 「過去分詞」是什麼？

在被動句中，和 be 動詞搭配使用的「過去分詞」是什麼呢？

　　過去分詞是動詞變化的一種形態。雖然是第一次學到的形態，但不需要背太多新的單字。因為大部分的過去分詞，形態和過去式完全相同。

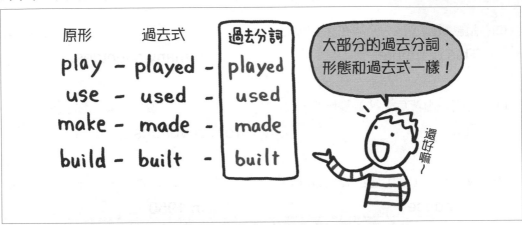

　　不過，有少數過去分詞的形態和過去式不一樣（**不規則動詞當中的一部分**）。請先記住以下12個單字。

和過去式不同的過去分詞　　把這12個單字背起來吧！

	過去式	過去分詞			
speak（說）	spoke	spoken	write（寫）	wrote	written
see（看到）	saw	seen	know（知道）	knew	known
give（給）	gave	given	take（拿）	took	taken
do（做）	did	done	break（打破）	broke	broken
eat（吃）	ate	eaten	go（去）	went	gone
come（來）	came	come	become（成為）	became	become

（除了這些以外，還有其他過去分詞和過去式不同的動詞。如果有餘力的話，也請學習p.300的表。）

➕ 文法用語　　「過去分詞」雖然叫「過去分詞」，但請把它當成和過去的「時間」完全無關的東西。過去分詞是用於被動態、現在完成式（p.238）、修飾（p.272）的形態，本身並沒有「過去」的意思。

■ 把（　　）裡的動詞改成適當的形態並填入 □ 中。

(1) 這台機器是在日本（被）製造的。（make）

This machine was [　　　　] in Japan.
機器

(2) 超過100人受邀到那場派對。（invite）

More than 100 people were [　　　　] to the party.
超過…

(3) 她受到大家喜愛。（love）

She is [　　　　] by everyone.
被…

(4) 這本書是由夏目漱石所寫的。（write）

This book was [　　　　] by Natsume Soseki.

(5) 許多國家說西班牙語。（speak）

Spanish is [　　　　] in many countries.
西班牙語

(6) 這些照片（被）拍攝於1990年。（take）

These pictures were [　　　　] in 1990.

(7) 他以身為一位偉大的科學家而為人所知。（know）

He is [　　　　] as a great scientist.
身為　偉大的　科學家

(8) 這扇窗戶上週被打破了。（break）

This window was [　　　　] last week.

被動

90 被動的否定句、疑問句

被動句是使用 be 動詞的句型，所以否定句、疑問句的形成方式，和已經學過的 be 動詞否定句、疑問句相同。

否定句只要在 be 動詞後面加上 not 就行了，意思是「不被…」、「沒有被…」。

句子用 be 動詞開頭，就是表示「被…嗎？」的疑問句。回答方式和一般的 be 動詞疑問句一樣，是用 be 動詞回答。

被動句是使用 be 動詞的句型，所以**不使用 do, does 或 did**。請注意不要和非被動的一般動詞否定句、疑問句搞混了。

➕ 細說分明　在被動句中，要表示動作主體「被某人…」的時候，會使用介系詞 by（被…，藉由…）。不過，因為在被動句中不需要說出動作主體，所以如果沒有必要的話，就不會加 by...。

基本練習

■ 用（　）裡的動詞,翻譯成英文。

(1) 這個遊戲不在日本（被）販賣。(sell)　　遊戲:game　　販賣（sell）的過去分詞:sold

　_____ in Japan.

(2) 我沒有受邀到那場派對。(過去式)(invite)

　_____ to the party.

(3) 他沒有被任何人看到。(過去式)(see)　　　看到（see）的過去分詞:seen

　_____ by anyone.
　　　　　　　　　　　　　　　　　　　任何人

■ 用（　　）裡的動詞,翻譯成英文,然後分別回答 ①是 和 ②不。

（例）你的國家吃壽司嗎？(eat)

　　Is sushi eaten _____ in your country?

　→① Yes, it is. _____ ② No, it isn't. _____

(4) 瑞士說法語嗎？(speak)　　　　　　　　　　法語:French

　_____ in Switzerland?
　　　　　　　　　　　　　　　　　　　　　瑞士

　→① _____ ② _____

(5) 這間房間昨天（被）清理過了嗎？(clean)

　_____ yesterday?

　→① _____ ② _____

(6) 這張照片是上禮拜（被）拍的嗎？(take)

　_____ last week?

　→① _____ ② _____

被動

91 被動句型與一般句型整理

前面已經學過被動句型了，這裡要複習一些特別容易出錯的地方。

　　首先，請注意被動句型要 **同時使用 be 動詞和過去分詞**。只用過去分詞是不行的。請不要忘記加上 be 動詞。

> 「許多國家說英語。」
>
> ✗ English spoken in many countries.
>
> （be 動詞是必要的！）
>
> ○ English [is] spoken in many countries.

　　有些人學了被動句型以後，就連非被動的一般句型也會加上 be 動詞。但是，非被動的一般動詞句型，是不能加 be 動詞的。請不要搞混了。

> 「我打了網球。」
>
> ✗ I was played tennis.
>
> （因為不是被動所以不加 be 動詞！）
>
> ○ I played tennis.

　　被動的否定句、疑問句會使用 be 動詞。但是，非被動的一般動詞否定句、疑問句，不是使用 be 動詞，而是使用 do, does, did。這一點也請不要混淆。

> 被動句 「你被邀請了嗎？」
>
> [Were] you invited?
>
> 使用 be 動詞
>
> ─────────────
>
> 非被動句 「你邀請了他嗎？」
>
> [Did] you invite him?
>
> 使用 Do, Does, Did　原形！

➕ 溫故知新　被動句和進行式的句子一樣，可以理解成一種表示狀態的「be 動詞句型」。過去分詞不是句子裡的主要動詞，也沒有動詞原本表示時態的作用，而是表示「被⋯」的狀態，功能就像形容詞一樣。

■ 從（　　）中選擇適當的答案，填入 ▭ 中。

　請注意句子是被動句型或者不是被動句型。

(1) 這座廟是去年建造的。

This temple ▭ last year.　　　（ built / was built ）
廟

(2) 我媽媽做了這件洋裝。

My mother ▭ this dress.　　　（ made / was made ）
洋裝

(3) 他寄給我一封電子郵件。

He ▭ me an e-mail.　　　（ sent / was sent ）

(4) 廚房沒有清理過。

The kitchen ▭ not cleaned.　　　（ was / did ）

(5) 我沒有邀請阿偉。

I ▭ invite Wei.　　　（ wasn't / didn't ）

(6) 她的書沒有被任何人讀過。

Her book ▭ read by anyone.　　　（ wasn't / didn't ）
任何人

(7) 她畫了這幅畫嗎？

▭ she paint this picture?　　　（ Was / Did ）

(8) 你寫了這封信嗎？

▭ you write this letter?　　　（ Were / Did ）

(9) 這張照片是在這裡拍的嗎？

▭ this picture taken here?　　　（ Was / Did ）

被動

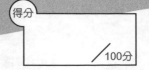
解答在318頁

對完答案後，請聽CD跟著唸出英語發音。

mp3
109

被動式的句型

1 從（　　）中選擇適當的答案，用〇圈起來。 【各5分，共25分】

(1)　Soccer（ plays / played / is played ）in many countries.

(2)　This picture（ paints / painted / was painted ）100 years ago.

(3)　This room（ doesn't / didn't / wasn't ）cleaned yesterday.

(4)　（ Do / Does / Is ）French taught at your school?
　　　　　　　　　　　　法語

(5)　（ Did / Was / Were ）you invited to her birthday party?

2 把（　　）裡的動詞改成適當的形態，填入 ☐ 中。 【各5分，共25分】

(1)　Our website is ☐ by over 100 people every day.　（ visit ）
　　　　網站　　　　　　　超過…

(2)　This castle was ☐ in the fourteenth century.　（ build ）
　　　　城堡　　　　　　　　　　　世紀

(3)　His novels are ☐ by a lot of young people.　（ read ）
　　　　小說

(4)　Three people were ☐ in the accident.　（ kill ）
　　　　　　　　　　　　意外事故

(5)　The Tokyo Olympic Games were ☐ in 1964.　（ hold ）
　　　　東京奧運

236

3 把中文翻譯成英文。

【各 10 分，共 50 分】

(1) 這台電腦是 20 年前（被）製造的。

---

(2) 他受到大家喜愛。

大家：everyone

---

(3) 許多國家說英語。（英語在許多國家裡被說。）

許多國家：many countries

---

(4) 這本書是由一位有名的歌手所寫的。

有名的歌手：a famous singer

---

(5) 這間房間已經不再（被）使用了。

不再：anymore

各種被動疑問句

把被動態的疑問句和 What 等疑問詞搭配，就能詢問各種事項。

· What language is spoken in Singapore?
（新加坡說什麼語言？）
· When was this statue made?
（這座雕像是什麼時候建造的？） statue：雕像
· Where was this picture taken?
（這張照片是在哪裡拍的？）
· How many people are needed?
（需要多少人？） need：需要

進階學習

92 「現在完成式」是什麼？

現在完成式是使用 have 和過去分詞（→p.230）的表達方式。至於它代表什麼意思，讓我們先和過去式比較看看。

左邊的人是說自己「過去住過」，現在或許已經不住在那裡了。相對的，右邊的人用現在完成式，不只是表示「住過兩年」，同時也表達「**現在也**住在東京」的意思。

過去式是表示「已經過去的事」，而現在完成式是表示「從過去延續到現在的狀態」。例如右邊的句子，就是表示「**現在『已經在東京住了兩年』的狀態**」。

從下一課開始，我們將會一步一步學習現在完成式的具體用法。

➕ 文法用語　現在完成式和現在進行式一樣，都是現在時態的一種變化。雖然名為現在「完成」式，但不止是用來表示完成，它可以表示持續（一直…）、經驗（曾經…）、完成（已經…，剛做完…）等狀態。

答案在318頁。
對完答案後，請聽CD跟著唸出英語發音。

mp3
110

■ 當有人說出以下句子的時候，可以得知的訊息是什麼？請用○圈選正確的答案。

(1) I lived in Japan for three years.

→這個人〔現在還住在 ／ 大概已經不住在〕日本。

(2) I have lived in Japan for three years.

→這個人〔現在還住在 ／ 大概已經不住在〕日本。

(3) I worked here for 20 years. work：工作

→這個人〔現在還在這裡工作 ／ 或許已經沒在工作了〕。

(4) I have worked here for 20 years.

→這個人〔現在還在這裡工作 ／ 或許已經沒在工作了〕。

(5) I arrived at the station at 9:00. arrive at...：抵達⋯

→這個人〔現在還在車站 ／ 或許已經不在車站了〕。

(6) I have just arrived at the station.

→這個人〔現在還在車站 ／ 或許已經不在車站了〕。

(7) David lost his camera. lost：lose（失去）的過去式、過去分詞

→相機〔還沒找到 ／ 或許已經找到了〕。

(8) David has lost his camera.

→相機〔還沒找到 ／ 或許已經找到了〕。

現在完成式

現在完成式的用法①

現在完成式，是表示「從過去延續到現在的狀態」。要表示「（到現在為止）一直…」的時候，就會用現在完成式（have＋過去分詞）。

過去式
I **worked** here for ten years.
我以前在這裡工作了十年。
過去了
過去　現在

現在完成式
I **have worked** here for ten years.
我在這裡已經工作了十年。
現在也是♪
過去＋現在

be 動詞也有過去分詞。be 動詞的過去分詞是 been。

過去式
I **was** busy yesterday.
我昨天很忙。
現在很閒♪
busy
昨天　現在

現在完成式
I **have been** busy since yesterday.
我從昨天就一直很忙。
現在也是！
busy
昨天＋現在

要表達持續**期間的長度**時，會用 for（在…的期間）。

要表示**開始的時期**是什麼時候，會用 since（從…開始）。

期間的長度
for {
a week 一週
ten years 十年
a long time 很長的時間
}

開始的時期
since {
Monday 從星期一
1990 從1990年
I was born 從我出生
}

現在完成式的句子裡，也會使用 I have 的縮寫 I've。

請注意，當主詞是**第三人稱單數**的時候，是使用 has 而不是 have。

➕ 細說分明　可以用〈have＋過去分詞〉表示持續狀態的，只限於表示狀態的動詞，例如 be, know, want, live，還有表示持續性、反覆行為的動詞，例如 work, study。如果要表示暫時性動作的持續狀態，就要使用現在完成進行式，例如 I've been walking for an hour.

答案在319頁。
對完答案後，請聽CD跟著唸出英語發音。

mp3
111

■ 添加（　　　）裡的資訊，改寫英文句子。

（例）　I am busy. （＋從昨天開始一直）

　　　→ I have been busy _____ since yesterday.

(1)　I am sick. （＋從上禮拜一直）
　　　生病的
　　_____ since last week.

(2)　My mother works here. （＋在十年的期間裡一直）
　　_____ for ten years.

(3)　Ms. Jones is in Taiwan. （＋從 1995 年開始一直）
　　_____ since 1995.

(4)　I live in Kaohsiung. （＋從我出生開始一直）
　　_____ since I was born.
　　　　　　　　　　　　　　　　　　　　　　出生了

(5)　I study English. （＋在五年的期間裡一直）
　　_____ for five years.

(6)　I want a new bike. （＋長時間以來一直）
　　　　　　單車
　　_____ for a long time.

(7)　We are here. （＋從今天早上六點就一直）
　　_____ since six this morning.

現在完成式

94 現在完成式的否定句、疑問句①

現在完成式的否定句、疑問句，不會使用 do 或 did。
現在完成式會用到的 have(has)，也會用在否定句、疑問句裡。

現在完成式的否定句，是**在 have(has) 後面加上** not。

縮寫 have not → haven't, has not → hasn't 也很常用。

I haven't eaten anything since yesterday.

我從昨天開始就什麼都沒吃

好餓

疑問句是用 Have(Has) 開頭，例如 Have you...? / Has he...?。
回答的時候，句型是 Yes, ... have(has). / No, ... haven't(hasn't).。

一般的句子　You have lived here for a long time.

疑問句　Have you lived here for a long time?

用 have(has) 開頭就是疑問句！

你住在這裡很久了嗎？

How long have you...? 可以用來詢問持續期間的長度。

How long have you lived here?

你住在這裡多久了？

⊕ 英語會話　現在完成式並不是什麼奇特的句型。因為它能夠同時傳達關於現在和過去的訊息，十分便利，所以在會話中經常使用。例如 I've been busy since yesterday. 這個句子，就是用一個句子表達關於過去的訊息 I was busy yesterday. 和關於現在的訊息 I'm still busy now.。

基本練習

■ 使用（　　）裡的動詞，翻譯成英文，然後分別回答 ①是 和 ②不。

（例）　你在這裡住了很久嗎？（live）

Have you lived here _____ for a long time?

→①　Yes, I have.　　　②　No, I haven't.

(1)　你認識她很久了嗎？（know）

_____ for a long time?

→①_____　②_____

(2)　你今天早上就一直在這裡嗎？（be）

_____ since this morning?

→①_____　②_____

現在完成式

■ 使用（　　）裡的動詞，翻譯成英文。

(3)　我媽媽從今天早上（到現在）什麼都沒吃。（eat）　　什麼也沒有…：not... anything

_____ since this morning.

(4)　我從上個月就一直沒遇到他。（meet）

_____ since last month.

(5)　你在這間房子住多久了？（live）

_____ in this house?

(6)　你在這裡多久了？（be）

_____ here?

95 現在完成式的用法②

前面學過，現在完成式是用來表達「從過去延續到現在的狀態」。要表達「（到現在為止）做過…」的時候，也會使用現在完成式。

右邊的句子是談論自己的「經驗」，可以理解成**「現在處於『看了這部電影三次』的狀態」**。

經驗的次數是用 ... times（…次）表示。不過，「一次」不是 one time，而是 once；「兩次」不是 two times，而是 twice。

1 次	once
2 次	twice
3 次	three times
4 次	four times
	⋮

「曾經去過…」是用 be 動詞的過去分詞 been，以 have been to... 的句型表達。

➕ 細說分明　現在完成式是表示「現在」的狀態，所以不能和表示過去的詞語一起使用，例如 I have seen this movie last week.（✗）。（不過，後面接〈since＋表示過去的詞語〉是 OK 的。）另外，When...? 疑問句也不會使用現在完成式。

基本練習

■ 使用（ ）裡的動詞，翻譯成英文。

(1) 我看過這部電影許多次。（see） 電影：movie

　　--- many times.

(2) 我去過西班牙三次。（be） 西班牙：Spain

　　--- three times.

(3) 小明（Ming）去過澎湖（Penghu）兩次。（be）

　　--- twice.

(4) 我以前聽過這個故事。（hear） 故事：story

　　--- before.
　　　　　　　　　　　　　　　　　　　　　　　　　　　以前

(5) 我以前在某個地方看過這張照片。（see） 照片：picture

　　--- somewhere before.
　　　　　　　　　　　　　　　　　　　　　　　　在某個地方

(6) 我和他見過一次面。（meet）

　　--- once.

(7) 我聽過你的名字許多次。（hear）

　　--- many times.

(8) 我以前讀過那部小說。（read） 小說：novel

　　--- before.

現在完成式

245

前面學過，現在完成式的否定句，是在 have(has) 後面加上 not。

如果要表達「（到現在為止）一次也沒做過…」的話，常常不使用 not，而是使用表示「從來沒有…」的否定詞 never。使用 never 的時候，不需要用 not。

前面學過，現在完成式的疑問句，是用 Have(Has) 開頭。

要詢問經驗「（到現在為止）做過…嗎？」的時候，經常使用 Have you ever...? 的句型。ever 表示「（不管什麼時候）曾經」的意思，會使用在疑問句裡。

➕ 細說分明　　ever 的意思是「在任何時候」、「在某個時候」。雖然不能像 I have ever been to...（╳）這樣用在肯定句中，但可以用在 This is the best movie I've ever seen.（這是我看過最好的電影。）這種最高級的句型裡。

基本練習

答案在319頁。
對完答案後，請聽CD跟著唸出英語發音。

mp3
114

■ 使用（   ）裡的動詞，翻譯成英文。

(1) 我從來沒玩過電玩遊戲。（play）

電玩遊戲：a video game

(2) 他從來沒看過雪。（see）

雪：snow

(3) 我從來沒去過國外。（be）

到國外：abroad（副詞，用一個單字就能表示「到國外、在國外」的意思，所以 abroad 前面不需要加 to。）

(4) 你曾經去過東京嗎？（be）

----

(5) 你曾經看過長頸鹿嗎？（see）

長頸鹿：a giraffe

(6) 你曾經聽說過歌舞伎（kabuki）嗎？（hear）

聽說（而知道）…：hear of...

(7) 我們以前見過面嗎？（meet）

以前：before

(8) 你讀過任何一本她的小說嗎？（read）

…的任何一個：any of...　小說：novel

現在完成式

現在完成式的用法③

我們已經知道現在完成式是表示「從過去延續到現在的狀態」。要表達**「已經做完…」「剛做完…」**的時候，也是使用現在完成式。

我已經做完作業了。

我剛做完了。

上面的兩個句子，都是表達**「現在處於『做完作業了』的狀態」**。（already 是「已經」，just 是「正好」、「剛才」的意思。）

疑問句可以用來詢問「已經…了嗎？」。
疑問句裡的 yet 是「已經」的意思。

你已經做完作業了嗎？

否定句可以用來表示「還沒做完…」的意思。**否定句裡的 yet 是「還（沒）」的意思。**

還沒做完…

➕ 細說分明　　現在完成式是表示「現在」的狀態。所以，請注意不要和表示過去的詞語同時使用，例如 I have finished my homework <u>an hour ago</u>.（✗）。

基本練習

答案在319頁。
對完答案後，請聽CD跟著唸出英語發音。

■ 使用（　）裡的動詞，翻譯成英文。

(1) 我剛做完我的作業。（finish）　　　　　　　　　　我的作業：my homework

----

(2) 我還沒做完我的作業。（finish）

----

(3) 你做完你的作業了嗎？（finish）

----

(4) 我剛到機場。（arrive）　　　　到達…：arrive at...　機場：the airport

----

(5) 他剛離開這裡。（leave）　　　　　　　　　　離開，出發：leave

----

(6) 他還沒離開這裡。（leave）

----

(7) 她清理她的房間了嗎？（clean）

----

(8) 她還沒清理她的房間。（clean）

----

(9) 她已經清理了她的房間。（clean）

現在完成式

98 現在完成式的整理

現在完成式是用來表達「從過去延續到現在的狀態」的句型，使用時機可以整理成以下三種。

---

①表達「（到現在）一直…」的時候

I have lived in Tokyo for two years.（我已經在東京住了兩年。）

…語感是「現在處於『已經在東京住了兩年』的狀態」

②表達「（到現在為止）做過…」的時候

I have seen this movie three times.（我已經看過這部電影三次了。）

…語感是「現在處於『看了這部電影三次』的狀態」

③表達「已經做完…」、「剛做完…」的時候

I have already **finished** my homework.（我已經做完作業了。）

…語感是「現在處於『做完作業了』的狀態」

現在完成式是用〈have＋過去分詞〉表示，但如果主詞是第三人稱單數的話，have 要改成 has。

I You 複數主詞	have	been seen 等過去分詞	…
He She 單數主詞	has		

否定句是在 have/has 後面加 not。

疑問句是用 have/has 開頭。

Have	you 複數主詞	been seen 等過去分詞	…?
Has	he she 單數主詞		

➕ **細說分明**　現在完成式除了表示持續、經驗、完成以外，還有認為它表示「結果」的說法。例如 He has lost all his money.（他失去了所有的錢。），就是表示「結果變成現在這樣」的表達方式。

基本練習

答案在319頁。
對完答案後，請聽CD跟著唸出英語發音。

mp3
116

■ 使用（　　）裡的動詞，翻譯成英文。

(1)　我學習英語學了三年。（study）

在三年的期間：for three years

----

(2)　你在這裡很久了嗎？（be）

很久：for a long time

----

(3)　俊彥（Junyan）去過夏威夷兩次。（be）

夏威夷：Hawaii　兩次：twice

----

(4)　你曾經看過這張照片嗎？（see）

照片：picture

----

(5)　列車剛才抵達了。（arrive）

列車：the train　　剛才：just

----

(6)　他已經做完作業了嗎？（finish）

（在疑問句中）已經：yet

----

(7)　你曾經吹過長笛嗎？（play）

長笛：the flute

----

(8)　我還沒看過這張 DVD。（watch）

現在完成式

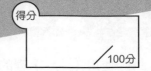

解答在320頁

對完答案後，請聽CD跟著唸出英語發音。

現在完成式的句子

1 從（　　）裡選擇適當的答案，用〇圈起來。　　　　【各5分，共40分】

(1) 我從昨天就一直很忙。
I've been busy（ for / since / from ）yesterday.

(2) 他從出生就一直住在這間房子裡。
He has lived in this house（ for / since / from ）he was born.

(3) 我認識她已經十年了。
I've known her（ for / since / from ）ten years.

(4) 她剛離開這裡。
She has（ just / already / yet ）left here.

(5) 我還沒洗手。
I haven't washed my hands（ just / already / yet ）.

(6) 你曾經看過這部電影嗎？
Have you（ once / ever / never ）seen this movie?

(7) 我從來沒聽說過他這個人。
I've（ once / ever / never ）heard of him.

(8) 我看過他一次。
I've seen him（ once / ever / never ）.

2 請使用（　　）裡的動詞，把中文翻譯成英文。

【各 10 分，共 60 分】

(1) 他在這個城市住了十年。（ live ）

在這個城市：in this city

----

(2) 我從來沒去過夏威夷（Hawaii）。（ be ）

----

(3) 你曾經去過北海道（Hokkaido）嗎？（ be ）

----

(4) 我還沒清理自己的房間。（ clean ）

----

(5) 你做完你的功課了嗎？（ finish ）

----

(6) 你在日本（Japan）多久了？（ be ）

現在完成式的各種疑問句

除了在 p.242 學到的 How long 以外，還有搭配其他疑問詞的現在完成式疑問句，如下所示。

- How many times have you been to Kyoto?
  （你去過京都幾次？）
- How have you been?
  （〈對很久沒見面的人〉近來可好？）
- Where have you been?
  （你這陣子去哪裡了？／你去了哪裡？）

進階學習

99 「做…這件事～」

It is ~ to...

用〈to＋動詞的原形〉（→p.178）表示「做…這件事」，雖然是很方便的表達方式，但它不常當成句子的主詞使用。

例如想表達「外出很危險」的時候，與其把 To go out（外出這件事）當成主詞，其實還有其他更普遍的表達方式，就是把 It 當成主詞。

在這個句子裡，一開始先說 It's dangerous（很危險），然後再慢慢說明「什麼事很危險」。

這裡的 It 並不是指之前提過的什麼事情。它只是用來代替〈to＋動詞的原形〉，當成「暫時的主詞」來使用而已。

要表達「對○○而言」的時候，會在 to 前面加上 for me（對我而言）、for him（對他而言）等等。

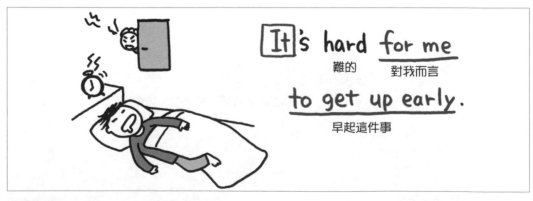

➕ 文法用語　It is ~ to... 的主詞 it 稱為「形式主詞」或「虛主詞」，to... 稱為「真主詞」。另外，在 It is ~ for〈人〉to... 裡面，〈人〉的部分表示從事動作的主體，所以稱為「不定詞意義上的主詞」。

■ 請翻譯成英文。

(1) 做披薩很簡單。

簡單的：easy　　披薩：pizza

(2) 幫助彼此很重要。

重要的：important　　彼此：each other

(3) 了解他的訊息很困難。（過去式）

困難的：difficult　　了解：understand　　訊息：message

(4) 學習關於其他文化的事很有趣。

有趣的：interesting　　學習關於…的事：learn about...　　其他文化：other cultures

(5) 用英語說明對我而言很難。

難的：hard　　說明：explain

(6) 游 100 公尺對她而言很簡單。

游 100 公尺：swim 100 meters

(7) 獨自去那裡很危險。

獨自地：alone

(8) 保護環境對我們而言很重要。

保護：protect　　環境：the environment

不定詞（延伸用法）

100 「怎麼做…」

how to...

這一課要學的是結合疑問詞 how（如何，怎麼樣）和〈to＋動詞的原形〉的表達方式。

〈how to＋動詞的原形〉表示**「怎麼做…」**。在詢問一件事的做法時，這是很方便的表達方式。它經常使用在 know、tell 等動詞後面。

詢問去某個地方的方法或路線的時候，經常使用 how to get to...（怎麼去…）這個表達方式。

這裡的 get to 是表示「到達，抵達…」的片語。how to get to 的意思就是「怎麼到達…」→「去…的方法」。

➕ 細說分明　〈主詞＋動詞＋how to...〉的句型，是把〈how to...〉的部分當成一個單位，當受詞使用，所以是「SVO 句型」。另外，He told me how to... 等〈主詞＋動詞＋人＋how to...〉的句型裡，有兩個受詞（「人」和「how to...」），所以是「SVOO 句型」。

基本練習

答案在320頁。
對完答案後，請聽CD跟著唸出英語發音。

mp3
119

■ **請翻譯成英文。**

(1) 你知道怎麼用這台機器嗎？　　　　　　　　　　　　　　　機器：machine

Do you know _____ ?

(2) 我不知道怎麼下西洋棋。　　　　　　　　　　　　　　下西洋棋：play chess

I don't know _____ .

(3) 請告訴我怎麼做這道菜。　　　　　　　　　　　　　　　　菜餚：dish

Please tell me _____ .

(4) 你知道怎麼去俊彥（Junyan）家嗎？　　　　　　俊彥的家：Junyan's house

Do you know _____ ?

(5) 您可以告訴我怎麼去車站嗎？　　　　　　　　　　　　車站：the station

Could you tell me _____ ?

(6) 我不知道怎麼去那裡。

I didn't know _____ .

往那裡：there（用一個字就能表示「往那裡，在那裡」，所以 there 前面不用加 to）

(7) 我示範給弟弟看怎麼騎單車。　　　　　　　　　　　　　　騎：ride

I showed my brother _____ .

(8) 她教我怎麼做歐姆蛋。　　　　　　　　　　　　　　歐姆蛋：an omelet

She taught me _____ .

（延伸用法）不定詞

101 「怎麼辦」

除了 how 以外，其他的疑問詞（what, where 等等）也有和〈to＋動詞的原形〉結合的用法。

〈what to＋動詞的原形〉的意思是「**該…什麼**」。經常用在 know 或 tell 等動詞後面。

I didn't know what to do.
該做什麼；怎麼辦

沒趕上飛機…

what to～
表示
「該…什麼」

〈where to＋動詞的原形〉表示「**該往哪裡…**」「**該在哪裡…**」的意思。

She told me where to go.
該去哪裡

請到那邊的櫃台

where to～
表示
「該往／該在哪裡…」

另外，還有表示「該在什麼時候…」的 when to...、表示「該…哪個」的 which to...。

➕ 細說分明　　有時候疑問詞（which, what）後面會接名詞，例如 I didn't know which bus to take.（我不知道該搭哪一班公車。）

基本練習

答案在320頁。
對完答案後，請聽CD跟著唸出英語發音。

mp3
120

■ 請翻譯成英文。

(1) 我們不知道該怎麼辦（該做什麼）。

We didn't know _____ .

(2) 我不知道該說什麼。

I didn't know _____ .

(3) 他不知道該去哪裡。

He didn't know _____ .

(4) 你知道該在哪裡買票嗎？   買：buy   票：a ticket

Do you know _____ ?

(5) 我沒辦法決定該買哪個。

I can't decide _____ .

(6) 我不知道該在哪裡下車。   下（火車）：get off   列車：the train

I didn't know _____ .

不定詞
（延伸用法）

102 「希望某人做…」

這一課要學的是「希望某人做…」的說法。

要表達**「希望某人做…」**的時候,會使用〈want 人 to...〉的句型。(to 後面接的是動詞原形。)

把 I want 換成 I'd like,是比較委婉、有禮貌的說法。

Do you want me to...? 則是詢問「你希望我做…嗎?」的表達方式,適合用來表示**「要我做…嗎?」**這種輕鬆詢問的口吻。

把 Do you want me to...? 改成 Would you like me to...?,是比較委婉、有禮貌的說法。

⊕ 英語會話　　I want you to.../I'd like you to... 是單方面地表達自己的期望「我希望你做…」。如果要很禮貌地請求對方的話,不是使用 I want... 或 I'd like...,而是使用詢問對方意願的 Would you...? 或 Could you...?。

基本練習

答案在320頁。
對完答案後，請聽CD跟著唸出英語發音。

mp3 121

■ **請翻譯成英文。**

(1) 我希望你讀這封信。

   I want _____ .

(2) 我希望他們快樂。

   I want _____ .

(3) 我們希望他當領導人。   領導人：the leader

   We want _____ .

(4) 我希望你和我一起來。

   I'd like _____ .

(5) 要我幫忙嗎？

   Do you _____ ?

(6) 我希望你告訴我關於你的國家的事。   告訴：tell   關於：about   國家：country

   I'd like _____ .

(7) 她希望你等待。（用 want 的過去式）   等待：wait

   She _____ .

(8) 我不希望他讀這本書。

   I don't _____ .

不定詞（延伸用法）

103「告訴某人做…」

這一課要學的是「叫（某人）做…」「要求（某人）做…」的說法。

「告訴（某人）做…」「叫（某人）做…」是用〈tell 人 to...〉的句型表示。（to 後面接動詞的原形。）

要表達**「要求（某人）做…」**的時候，是使用〈ask 人 to...〉的句型。（ask 除了「問」以外，也有「要求」的意思。）

➕ 細說分明　要表達「告訴～不要做…」的時候，要對不定詞做否定，也就是在不定詞前面加上 not，改成〈not to ＋動詞的原形〉。He told me not to worry.（他告訴我不要擔心。）

基本練習

mp3
122

■ **請翻譯成英文。**

(1) 我媽媽叫我清理廚房。

My mother _____ .

清理：clean　　廚房：the kitchen

(2) 瓊斯老師叫我們用英語說話。

Ms. Jones _____ .

說話：speak

(3) 我的奶奶總是叫我讀書。

My grandmother _____ .

總是：always　　讀書：read books

(4) 請叫小明（Ming）來圖書館。

Please _____ .

圖書館：the libary

(5) 我要求他說得慢一點。

_____ .

慢一點：more slowly

(6) 我要求她用中文說明。

_____ .

說明：explain

(7) 您可以告訴她打電話給我嗎？

Could you _____ ?

(8) 他要求我移動我的單車。

_____ .

移動：move

不定詞
（延伸用法）

263

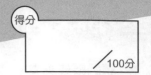

得分
／100分

解答在320頁
對完答案後，請聽CD跟著唸出英語發音。

mp3
123

call 等等的句型，不定詞的句型

1 重新排列（　　）裡的字詞，完成英文句子。　　　　　　　　　【各5分，共40分】

(1) 我們希望你加入我們的團隊。
（ our team / you / join / want / to ）　　　　　　　　　　加入：join

We _____.

(2) 我請佩玲（Peiling）幫我做功課。
（ Peiling / I / me / help / asked / to ）　　　　　help 人 with：幫某人處理…

_____ with my homework.

(3) 起床的時間到了，家豪。 （ time / it's / up / get / to ）

_____, Jiahao.

(4) 誰告訴你過來這裡的？ （ you / here / told / come / to ）

Who _____?

(5) 用英文寫信對我而言很難。 （ me / it's / hard / write / for / to ）

_____ a letter in English.

(6) 您可以告訴我怎麼去機場嗎？ （ me / how / tell / get / to / to ）

Could you _____ the airport?

(7) 他問我該在哪裡買票。
（ me / where / to / asked / get / tickets ）

He _____.

(8) 每天學習英文不容易。
（ not / English / to / it's / study / easy ）

_____ every day.

2 把中文翻譯成英文。 　　　　　　　　　　【各 10 分，共 60 分】

(1)　您可以告訴她回電話給我嗎？　　　　　　　　　回電話給…：call... back

　　 Could you _____, please?

(2)　我不知道怎麼辦（該做什麼）。（過去式）

　　 _____

(3)　我告訴小明（Ming）在這裡等。（過去式）

　　 _____

(4)　吃早餐很重要。

　　 _____

(5)　在這裡游泳很危險。　　　　　　　　　　　　　危險的：dangerous

　　 _____

(6)　我不知道怎麼玩這個遊戲。

　　 _____

「花時間」的說法

「做…要花 30 分鐘」的說法是 It takes 30 minutes to...。這裡的 take 是「花（時間）」的意思。

- It took an hour to finish my homework.
  （完成我的作業花了一小時。）
- It takes about 30 minutes to get to Songshan Station from here.
  （從這裡到松山車站要花大約 30 分鐘。）

「做…要花多久時間」是用 How long does it take to...? 來詢問。

- How long does it take to get there？（到那裡要花多久時間？）

進階學習

too … to ～ / … enough to ～

● too … to ～

〈too＋形容詞＋to＋動詞的原形〉表示「太…而不能做～」（對於做～而言太…）的意思。

too 是「太…」的意思。

I'm <u>too</u> sleepy <u>to</u> drive.
（要開車的話我太睏了。＝我太睏了而不能開車。）

I was <u>too</u> tired <u>to</u> run.
（要跑步的話我太累了。＝我太累了而無法跑步。）

也可以用〈so＋形容詞＋that ~〉表示同樣的意思。

I'm <u>so</u> sleepy <u>that</u> I can't drive.
（我很睏而不能開車。）

I was <u>so</u> tired <u>that</u> I couldn't run.
（我很累而不能跑步。）

● … enough to ～

〈形容詞＋enough to＋動詞的原形〉表示「夠…而能做～」（對於做～而言夠…）的意思。

He was kind <u>enough to</u> help me.
（要幫我的話，他夠親切。＝他很好心地幫忙我。）

也可以用〈so＋形容詞＋that ~〉表示同樣的意思。

He was <u>so</u> kind <u>that</u> he helped me.
（他很好心，幫了我的忙。）

基礎動詞的用法區分

●「看」的用法區分

- 「（為了看某個東西）注視，看著」… look at

    She looked at me.（她看著我〈把視線轉向我〉。）

- 「持續一段時間注意看（動態的事物）」… watch

    I watch TV every day.（我每天看電視。）

- 「（自然地）看到」、「（在電影院）看（電影）」… see

    I can't see anything.（我什麼都看不到。）

    I saw a movie yesterday.（我昨天看了一部電影。）

●「聽」的用法區分

- 「聆聽」… listen to

    I was listening to music then.（我那時候正在聽音樂。）

- 「（自然地）聽到」… hear

    I can't hear anything.（我什麼也聽不到。）

●「說、交談」的用法區分

- 「（對別人）說話」… speak 或 talk

    A woman talked[spoke] to me.（一位女子對我說話。）

- 「說（中文、英文等語言）」… speak

    She speaks Chinese.（她〔會〕說中文。）

- 「交談」… talk

    We talked a lot.（我們談了很多。）

- 「說，敘述（某事）」… say

    He said, "Be quiet."（他說：「安靜」。）

- 「告訴，傳達（事情，訊息）」… tell

    He told me an interesting story.（他告訴我一個有趣的故事。）

104 「桌上的書」之類的說法

在中文裡，修飾名詞的語句都是放在名詞前面，例如「桌上的書」「關於動物的書」等等。

（所謂「修飾」，就是裝飾，也就是添加資訊的意思。）

但是在英語裡，也有在名詞**後面**做修飾的情況。從這一課開始，我們就要學習這種「從後面修飾」的結構。

首先是使用介系詞的情況。要表達「桌上的書」的時候，是用 on the desk（桌上的）這一個詞組，**從後面修飾**名詞 book。

用介系詞開頭的詞組（on the desk 等等），除了用在句尾以外，也可以用在句中。請習慣「從後面修飾」這種中文沒有的語感。

➕ **文法用語** 在名詞後面做修飾，稱為「後位修飾」，而修飾名詞的片語，有時候會依照它的功能，稱為「形容詞片語」。the book on the desk 裡面的 on the desk 這種形容詞片語，因為是用介系詞開頭，所以又稱為「介系詞片語」。

答案在321頁。
對完答案後，請聽CD跟著唸出英語發音。

mp3
124

■ 使用（　　　）裡的介系詞，翻譯成英文。請注意要「在名詞後面做修飾」。

(1) 書桌上面的字典是我的。（on）　　　　　　　　　　　書桌：the desk

The dictionary _____ is mine.

(2) 在東京的一個朋友昨天打電話給我。（in）

A friend _____ called me yesterday.

(3) 關於動物的書很有趣。（about）　　　　　　　　　　動物：animals

Books _____ are very interesting.

(4) 這是我的家人的照片。（of）　　　　　　　　　　　家人：family

This is a picture _____ .

(5) 這個箱子裡的所有東西都是你的。（in）　　　　　　箱子：box

All the things _____ are yours.

(6) 那個有長頭髮的女孩子是誰？（with）　　　　　　頭髮：hair

Who's the girl _____ ?

(7) 這是在加拿大的一個朋友送來的禮物。（from, in）　朋友：a friend　　加拿大：Canada

This is a present _____ .

105 「正在彈鋼琴的女孩」之類的說法

在名詞後面做修飾的第二種結構，是使用動詞 ing 形。（應該還記得 ing 形是「現在進行式」使用的形態吧。〈be 動詞＋ing 形〉就是現在進行式。）ing 形本身有**「正在…」**的意思。

要修飾「女孩」（the girl），例如「正在彈鋼琴的女孩」的時候，會說 the girl playing the piano。用 ing 形開頭的詞組（playing the piano），是**從後面修飾**前面的名詞。

不可以說 playing the piano girl（×）。用 ing 形開頭、兩個單字以上的詞組，都是**在名詞後面**做修飾。

playing the piano（正在彈鋼琴的）這種 ing 形開頭的詞組，可以放在句尾或句中，請習慣這種用法。

➕ **文法用語**　動詞 ing 形修飾名詞的用法，稱為「現在分詞的形容詞用法」。當現在分詞後面不加任何詞語，只用一個單字修飾名詞的時候，現在分詞會放在名詞前面。（→p.277）

■ 使用（　　）裡的動詞，翻譯成英文。請注意要「在名詞後面做修飾」。

(1) 正在那裡跑步的男孩是誰？（run）　　　　　　　　在那裡：over there

Who is the boy _____?

(2) 你看得到在那裡飛的鳥嗎？（fly）

Can you see the bird _____?

(3) 我和一位正在閱讀雜誌的女子講了話。（read）　　　　雜誌：a magazine

I talked to a woman _____.

(4) 正在和家豪（Jiahao）打網球的女孩是誰？（play）

Who is the girl _____?

(5) 我的哥哥是站在門旁邊的很高的男孩子。（stand）　　在門旁邊：by the door

My brother is the tall boy _____.

(6) 正在院子裡玩的男孩們是我的同學。（play）　　　　院子：the yard

The boys _____ are my classmates.

(7) 你認識正在和瑪莉（Mary）談話的女人嗎？（talk）　　女人：woman

Do you know the woman _____?

(8) 你看那隻正在車子上面睡覺的貓。（sleep）　　睡覺：sleep　貓：the cat

Look at the cat _____.

後位修飾

106 「十年前拍的照片」之類的說法

在名詞後面做修飾的第三種結構，是使用過去分詞。（應該還記得過去分詞是「被動句」使用的形態吧。〈be 動詞＋過去分詞〉就是被動態。）過去分詞本身有**「被…」**的意思。

要修飾「照片」（a picture），例如「十年前拍的照片」的時候，會說 a picture taken ten years ago。用過去分詞開頭的詞組（taken ten years ago），是**從後面修飾**前面的名詞。

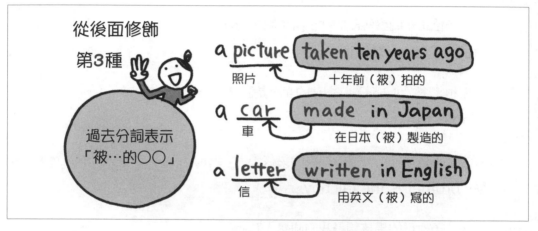

不可以說 taken ten years ago picture（×）。用過去分詞開頭、兩個單字以上的詞組，都是**在名詞後面**做修飾。

taken ten years ago（十年前拍的）這種過去分詞開頭的詞組，可以放在句尾或句中，請習慣這種用法。

➕ **文法用語**　過去分詞修飾名詞的用法，稱為「過去分詞的形容詞用法」。當過去分詞後面不加任何詞語，只用一個單字修飾名詞的時候，過去分詞會放在名詞前面。（→p.277）

■ 使用（　　）裡的動詞，翻譯成英文。請注意要「在名詞後面做修飾」。

(1) 我看到一張 1950 年（被）拍的照片。（take）

I saw a picture _____.

(2) 我遇到了一位（被）叫做肯（Ken）的男孩。（call）

I met a boy _____.

(3) 印地語是在印度（被）說的一種語言。（speak）　　　　　印度：India

Hindi is a language _____.

(4) 在那裡（被）賣的東西很貴。（sell）

The things _____ are expensive.

(5) 他買了一台在日本（被）製造的照相機。（make）

He bought a camera _____.

(6) 她讓我看了一封用英文（被）寫的信。（write）

She showed me a letter _____.

(7) 這些是（被）我爸爸畫的畫。（paint）

These are the pictures _____.

(8) 有一些受邀到派對的人沒有來。（invite）

Some of the people _____ didn't come.

後位修飾

107 「我昨天讀的書」之類的說法

在名詞後面做修飾的第四種結構，是把〈主詞＋動詞〉的詞組緊接在名詞後面。

要修飾「書」（the book），例如「我昨天讀的書」的時候，會說 the book I read yesterday。用〈主詞＋動詞〉開頭的詞組，是**從後面修飾**前面的名詞。

名詞後面緊接著修飾名詞的〈主詞＋動詞〉。

I read yesterday（我昨天讀的）這種〈主詞＋動詞〉的詞組，可以放在句尾或句中，請習慣這種用法。

➕ 文法用語 含有〈主詞＋動詞〉的詞組稱為子句。修飾名詞的子句，因為功能的關係，所以稱為「形容詞子句」。the book I read yesterday 裡的 I read yesterday，是省略關係代名詞，直接在名詞後面做修飾的子句。

基本練習

■ 使用（　　）裡的動詞，翻譯成英文。請注意要「在名詞後面做修飾」。

(1) 他（過去）拍的照片變得有名了。（take）

The picture _____ became famous.

(2) 我（過去）遇到的人非常親切。（meet）

The people _____ were very kind.

(3) 我昨天讀的書很有趣。（read）

The book _____ was interesting.

(4) 這是我每天使用的電腦。（use）

This is the computer _____ .

(5) 我會給你你想要的任何東西。（want）

I'll give you anything _____ .
　　　　　　　　　任何東西

(6) 我（過去）在那裡看到的男人看起來很像陳先生。（see）

The man _____ looked like Mr. Chen.
　　　　　　　　　　　　　　　　看起來像…

(7) 這是我的叔叔（過去）給我的手錶。（give）　　　　　　　　叔叔：uncle

This is the watch _____ .
　　手錶

(8) 這是你昨天掉的鑰匙嗎？（lose）　　　　　　　　lose 的過去式：lost

Is this the key _____ ?

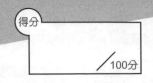

解答在321頁

對完答案後，請聽CD跟著唸出英語發音。

從後面修飾名詞的語句

1 從（ ）中選擇適當的答案，用○圈起來。 【各4分，共16分】

(1) 正在那裡散步的女子是史密斯小姐。
The woman（ walks / walking / walked ）over there is Ms. Smith.

(2) 王老師是受到大家喜愛的老師。
Ms. Wang is a teacher（ loves / loving / loved ）by everyone.

(3) 紐西蘭說的是什麼語言？
What's the language（ speaks / speaking / spoken ）in New Zealand?

(4) 這是許多國家都有使用的機器。
This is a machine（ uses / using / used ）in many countries.

2 重新排列（ ）中的詞語，完成英文句子。 【各6分，共24分】

(1) 有長頭髮的女孩是怡君。 （ long hair / the girl / is / with ）
_____ Yijun.

(2) 所有桌上的東西都是我哥哥的。 （ the desk / the things / are / on ）
All _____ my brother's.

(3) 這是澳洲的朋友送來的禮物。
（ Australia / a friend / a present / from / in ）
This is _____ .

(4) 我住在一間一百多年前建造的飯店。 （ a hotel / I / built / stayed / at ）
_____ over 100 years ago.
超過…

3 使用（　　）裡的動詞，把中文翻譯成英文。 【各 10 分，共 60 分】

(1) 正在彈鋼琴的男孩是誰？ （ play ） 男孩：the boy

----

(2) 我在那裡遇到的女人是一位醫師。 （ meet ） 女人：the woman

-------- was a doctor.

(3) 正在那裡跑步的男孩是家豪。 （ run ） 在那裡：over there

-------- is Jiahao.

(4) 這些是我在倫敦拍的照片。 （ take ） 照片：pictures　倫敦：London

These are -------- .

(5) 我收到一封用英文（被）寫的信。 （ write ） 信：a letter

I got -------- .

(6) 我上禮拜買的書很有趣。 （ buy ） 書：the book

-------- was interesting.

在名詞前面做修飾的情況

ing 形或過去分詞「只用一個單字」修飾名詞的時候，就和一般的形容詞一樣，是放在名詞前面做修飾。

・只用一個單字時，就在前面修飾 … a sleeping baby（正在睡覺的嬰兒）
　　　　　　　　　　　　　　　　　 a used car（用過的車子→中古車）

用「兩個單字以上的詞組」修飾的時候，就在後面做修飾。

・兩個單字以上，就在後面修飾 … a baby sleeping in the bed（在床上睡覺的嬰兒）
　　　　　　　　　　　　　　　　 a car used by someone（被某人用過的車）

進階學習

各種慣用語、會話表達方式

● 一般動詞的慣用語

☐ call back	回電話 Please call me back.（請回電話給我。）
☐ get to ...	到達… get to the station（到達車站）
☐ get on / get off	（公車或火車）上車／下車 get off the bus at Wanhua（在萬華下公車）
☐ get up	起床
☐ go shopping	去購物（✕ 不會說 go to shopping）
☐ go to bed	上床睡覺
☐ have a good time	過得很愉快，玩得開心
☐ look at ...	看著，把視線朝向…
☐ look for ...	尋找… I'm looking for my cat.（我在找我的貓。）
☐ look forward to -ing	期待… I'm looking forward to seeing you again.（我期待再次見到你。）
☐ listen to ...	聽，聆聽…
☐ put on ...	穿上，戴上… put on the glasses（戴上眼鏡）
☐ take care of ...	照顧… take care of my dog（照顧我的狗）
☐ take off ...	脫掉… Please take off your shoes.（請把鞋子脫掉。）
☐ talk to[with] ...	和…談話
☐ talk about ...	談論…
☐ think of ...	想到…
☐ turn on / turn off	打開／關掉（電器用品） Can you turn off the TV?（你可以關掉電視嗎？）
☐ wait for ...	等待…

● be 動詞的慣用語

☐ be absent from ...	缺席⋯ He was absent from school.（他沒上學。）
☐ be different from ...	和⋯不同 His ideas are different from mine.（他的想法和我的不同。）
☐ be good at ...	擅長⋯ I'm good at taking pictures.（我擅長攝影。）
☐ be interested in ...	對⋯有興趣 I'm interested in history.（我對歷史有興趣。）
☐ be late for ...	遲到 I was late for school yesterday.（我昨天上學遲到了。）

● 其他慣用語

☐ on my way to ...	在我往⋯的途中 I met Ken on my way to school.（我在上學途中遇到肯。）
☐ each other	彼此 understand each other（了解彼此）
☐ for example	例如
☐ all over ...	到處，遍及⋯ all over the world（在世界各地）
☐ by the way	順道一提

● 會話的慣用表達方式

☐ Thank you for ...	謝謝你的⋯
☐ I see.	（作為回應）我明白了。
☐ Let me see. / Let's see.	（作為發語詞）我想想⋯
☐ That's right.	（針對對方說的話）沒錯。
☐ Sounds good[great].	（針對對方說的話）聽起來很好。
☐ What's wrong? / What's the matter?	怎麼回事？，發生什麼事了？
☐ That's too bad.	那太糟了。
☐ How about -ing?	（提議）做⋯怎麼樣？
☐ Why don't you ...?	（提議）你何不⋯呢？
☐ I'd love to.	（接受提議）我很樂意。

108 「關係代名詞」是什麼？①

這一課要繼續介紹從後面做修飾的結構。第五種類型，是使用關係代名詞的結構。

例如要表達「我有會說法語的朋友」的時候，就需要關係代名詞。

上面的句子，可以想成是由下面兩個句子形成的。

能用一個單字表示「←至於是怎樣的朋友，他…」的，是關係代名詞 who。只要使用 who，就能把①和②組合起來，形成下面這個自然的句子。

I have a friend who can speak French.

關係代名詞 who 在後面為「人」添加說明。對於說英語的人而言，關係代名詞就是暗示「**接下來要針對前面的名詞做說明了**」，是很重要的詞彙。

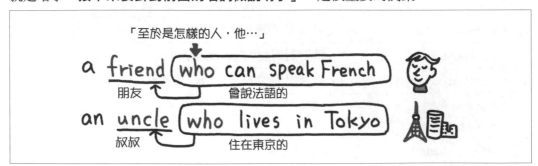

➕ 文法用語　關係代名詞前面的名詞（受到後面的關係代名詞修飾的名詞）稱為「先行詞」。關係代名詞引導的子句（關係代名詞之後，包含〈主詞＋動詞〉的詞組），是一種形容詞子句，通常稱為「關係代名詞子句」或「關係子句」。

基本練習

■ 請翻譯成英文。請使用表示「至於是怎樣的人，他…」的關係代名詞 who 添加說明。

(1) 我有個住在巴西的叔叔。　　　　　　　　　　　　住：live　　巴西：Brazil

I have an uncle _____ .

(2) 我認識拍了這張照片的男人。

I know the man _____ .

(3) 你認識任何會說俄語的人嗎？　　　　　　　　　　　　俄語：Russian

Do you know anyone _____ ?
　　　　　　　　任何人

(4) 我有個擅長烹飪的朋友。　　　　擅長…：be good at...　　烹飪：cooking

I have a friend _____ .

(5) architect 是設計建築物的人。　　　設計：design　　建築物：buildings

An architect is a person _____ .
　　　建築師　　　　　人

(6) 這個標誌是為了不會讀中文的人（而設置的）。

This sign is for people _____ .
　　　標誌

(7) 她是在音樂會彈了鋼琴的那個女孩。　　　在音樂會：at the concert

She is the girl _____ .

(8) 她是昨天來的那個女人。

She is the woman _____ .

109 「關係代名詞」是什麼？②

關係代名詞（主格 that, which）

上一課已經學過為「人」添加說明的關係代名詞 who。這一課要介紹的是「**物**」的說明方式。

例如「我在製作網站的公司工作」，說法是：

上面的句子，可以想成是由下面兩個句子形成的。

能用一個單字表示「←至於是怎樣的公司，它…」的，是關係代名詞 that。只要使用 that，就能把①和②組合起來，形成下面這個自然的句子。

I work for a company that makes websites.

that 也可以換成 which。

I work for a company which makes websites.

➕ 文法用語　在關係代名詞子句中，如果關係代名詞是主詞的話，就稱為「主格關係代名詞」。主格關係代名詞後面接動詞。主格關係代名詞不能省略。

■ **請翻譯成英文。請使用表示「至於是怎樣的○○，它…」的關係代名詞 that（或 which）添加說明。**

(1) 他在製造玩具的公司工作。　　　　　　　　　　　　　　　　　玩具：toys

He works for a company _____ .

(2) 這是改變了我的人生的書。　　　　　　改變：change　　人生：life

This is a book _____ .

(3) 這是使他有名的電影。　　　　　使 A 變成 B：make A B　　有名的：famous

This is the movie _____ .

(4) （之前）在桌上的蛋糕（現在）在哪裡？　　　　　桌子：the table

Where is the cake _____ ?

(5) 往車站的公車剛離開。　　　　　往…：go to...　　車站：the station

The bus _____ has just left.

(6) vending machine 是賣東西的機器。　　　　賣：sell　　東西：things

A vending machine is a machine _____ .
　　自動販賣機　　　　　　機器

(7) 這是十年前受歡迎的歌。　　　　　　　　　受歡迎的：popular

This is a song _____ .

關係代名詞

283

110 「關係代名詞」是什麼？③

在 p.274 曾經學過「我昨天讀的書」的說法，這裡讓我們再複習一下。它是從後面修飾名詞的第四種結構。

像這樣在名詞後面緊接〈主詞＋動詞〉的修飾方式，是很常用而且自然的說法。不過，上面的句子也可以用下面的方式表達。

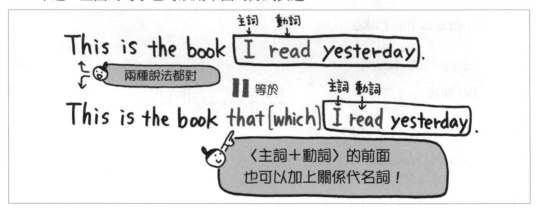

要說「我昨天讀過的書」的時候，用 p.274 的說法就能簡單表達，不一定要使用關係代名詞。

但請記住，**還是會有使用關係代名詞的情況。**

前面提過，關係代名詞對於說英語的人而言是很重要的詞彙，暗示**「接下來要針對前面的名詞做說明了」**。所以，為了讓句子的結構更清楚，有時候會刻意使用關係代名詞。

➕ 文法用語　在關係代名詞子句中，如果關係代名詞是受詞的話，就稱為「受格關係代名詞」。受格關係代名詞後面接〈主詞＋動詞〉。受格關係代名詞可以省略。

答案在321頁。
對完答案後，請聽CD跟著唸出英語發音。

mp3
131

■ **請翻譯成英文。（這些句子就算不使用關係代名詞也正確，但在這裡請加入關係代名詞來翻譯。）**

(1) 他（當時）拍的照片很美。

The picture _____ was beautiful.

(2) 我昨天讀的書很無聊。

The book _____ was boring.
　　　　　　　　　　　　　　　　　　　無聊的

(3) 這是我每天使用的書桌。

This is the desk _____ .

(4) 我上禮拜看的電影很有趣。

The movie _____ was interesting.

(5) 這是我昨天寫的信。

This is the letter _____ .

(6) 這是我叔叔給我的相機。　　　　　　　　　叔叔：uncle

This is the camera _____ .

(7) 她讓我們看她上禮拜買的包包。

She showed us the bag _____ .

(8) 他正在找他掉了的鑰匙。

He is looking for the keys _____ .

關係代名詞

||| 關係代名詞的整理

我們學到的關係代名詞有 who, which, that 三種。隨著修飾的名詞是「人」或「物」，而有不同的用途區分。

・「人」的情況 … 用 who（也可以用 that）
・「物」的情況 … 用 that 或 which

這裡要歸納出關係代名詞「用不用都可以的情況」和「一定要使用的情況」。（因為區分起來有點難，所以如果不是很了解的話，也可以選擇一律使用關係代名詞。但是在實際會話中，如果不必使用關係代名詞的話，通常就不會用。）

可以不用關係代名詞的情況，是 p.274 學習過的結構，也就是在被修飾的名詞後面緊接〈主詞＋動詞〉。

★可以不用關係代名詞（要用也可以）的情況
 … 名詞後面緊接〈主詞＋動詞〉
「我昨天買的書」　　　　○ the book **I bought** yesterday
　　　　　　　　　　　　○ the book that[which] **I bought** yesterday
「他拍的照片」　　　　　○ the picture **he took**
　　　　　　　　　　　　○ the picture that[which] **he took**

必須使用關係代名詞的情況，是在 p.280～p.283 學過的句型，如下所示。名詞後面如果直接接**動詞**或**助動詞**的話，就無法顯示是「從後面做修飾」了，所以必須使用關係代名詞。

★必須使用關係代名詞（不用就不行）
 … 名詞後面沒有關係代名詞的話，就會直接接**動詞**或**助動詞**的情況
「會說法語的朋友」　　　× a friend **can** speak French ←錯了！
　　　　　　　　　　　　　　　↑畫線部分無法顯示是「從後面做修飾」
　　　　　　　　　　　　○ a friend **who can** speak French
「製造玩具的公司」　　　× a company **makes** toys ←錯了！
　　　　　　　　　　　　　　　↑畫線部分無法顯示是「從後面做修飾」
　　　　　　　　　　　　○ a company **that[which] makes** toys

＋ 細說分明　在比較進階的文法裡會提到，當先行詞是人的時候，會使用受格關係代名詞 whom。不過，whom 是比較生硬的說法，所以在會話裡幾乎不會用到。因為它是受格，所以經常省略，而且也可以用關係代名詞 that 代替。

基本練習

答案在322頁。
對完答案後，請聽CD跟著唸出英語發音。

mp3
132

■ 如果畫線部分是對的就打○，如果是錯的就打×。回答×的時候，請在畫線部
　分的下面寫出正確的形式。

（例）我有個會說法語的朋友。

I have a friend <u>can speak French</u>.（ × ）
　　　　　　　　who can speak French

(1)　這是我昨天買的書。

This is a book <u>I bought yesterday</u>.（　　）

(2)　我有個非常擅長打網球的朋友。

I have a friend <u>is very good at tennis</u>.（　　）

(3)　我想和寫這封信的女孩見面。

I want to meet the girl <u>wrote this letter</u>.（　　）

(4)　我在那裡看到的女人正在閱讀雜誌。

The woman <u>I saw there</u> was reading a magazine.（　　）
　　　　　　　　　　　　　　　　　　　　雜誌

(5)　這是我爺爺給我的書。

This is a book <u>that my grandfather gave me</u>.（　　）

(6)　這是讓她變得有名的書。

This is the book <u>made her famous</u>.（　　）

關係代名詞

解答在322頁
對完答案後，請聽CD跟著唸出英語發音。

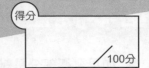

關係代名詞

1 重新排列（　　）裡的詞語，完成英文句子。　　　　【各8分，共40分】

(1) 你昨天看的那部電影怎麼樣？
（ the movie / you / how / was / saw ）

_____ yesterday?

(2) 你想見的女孩子是誰？
（ you / the girl / want / meet / to ）

Who is _____ ?

(3) 這是一部會讓你快樂的電影。
（ a movie / you / happy / that / will make ）

This is _____ .

(4) 贏了那場比賽的男孩只有六歲大。　　　　won：win（贏）的過去式
（ the game / the boy / who / won / was ）

_____ only six years old.

(5) 這是我看過最好的電影。
（ movie / I've / that / the best / ever seen ）

This is _____ .

2 把以下的中文翻譯成英文。 【各 10 分，共 60 分】

(1) 我有個會說三種語言的朋友。 　　朋友：a friend　　三種語言：three languages

I have _____ .

(2) 這是讓他變得有名的書。 　　書：the book　　有名的：famous

This is _____ .

(3) 有任何會說日語的人嗎？ 　　（在疑問句中）任何人：anyone

Is there _____ ?

(4) 她是畫了這幅畫的藝術家。 　　（用畫具）繪畫：paint　　畫：picture

She is the artist _____ .

(5) 你記得我上禮拜讓你看的照片嗎？ 　　照片：the picture

Do you remember _____ ?

(6) 他是我在派對上遇到的男人。 　　遇見：meet　　在派對上：at the party

He is _____ .

從後面做修飾的結構整理

在中文裡，修飾的詞語總是在名詞前面。但是在英文裡，用兩個單字以上的詞組修飾名詞的時候，會從後面做修飾。讓我們再次複習這些學習過的結構。

- to＋動詞的原形 … homework to do （要做的作業）
- 介系詞 ～ … the book on the desk （桌上的書）
- ing 形 ～ … the girl playing the piano （正在彈鋼琴的女孩）
- 過去分詞 ～ … a picture taken last year （去年（被）拍的照片）
- 主詞＋動詞 … the book I read （我讀了的書）
- 關係代名詞 … a friend who lives in Tainan （住在台南的朋友）
  … a company that〔which〕makes toys （製造玩具的公司）

進階學習

112 I'd like...
表達委婉的請求

這一課要學習在會話中能夠便利地表達委婉請求的說法。

要表達「**我想要…**」的時候，雖然也可以說 I want...，但有時候聽起來感覺不太成熟，像是小孩子在要東西的感覺。

把 I want... 換成 I'd like...，就是委婉而成熟的說法。成年人表達自己的請求時，會偏好 I'd like... 這種說法。

I'd 是 I would 的縮寫（would 是 will 的過去式，發音是 [wʊd]）。在口語裡，通常是使用縮寫的形式 I'd like...。

要表達「**我想要做…**」的時候也一樣，把 I want to... 改成 I'd like to...，是委婉而成熟的說法。（to 後面接動詞的原形。）

➕ 細說分明　〈I'd like＋人＋to...〉是〈I want＋人＋to...〉（→p.260）的委婉說法，意思是「我想請（某人）做…」。 I'd like you to join us.（我想請你加入我們。）

■ 請翻譯成英文。請使用 I'd like 翻譯成委婉的說法。

(1) 我想要一個漢堡，麻煩你了。　　　　　　　　　　　一個漢堡：a hamburger

　　　　　　　　　　　　　　　　　　　　　　　　　　, please.

(2) 我想要一杯茶。　　　　　　　　　　　一杯的：a cup of　　茶：tea

_____

(3) 我想要一些水。　　　　　　　　　　　一些：some　　水：water

_____

(4) 我想要去洗手間。　　　　　　　　　　　洗手間：the bathroom

_____

(5) 我想要聽這張 CD。　　　　　　　　　　　聽…：listen to...

_____

(6) 我想要再次見到你。　　　　　　　　　見到：see　　再次：again

_____

(7) 我想要問你一些問題。　　　　問：ask　　一些：some　　問題：questions

_____

(8) 我想要試穿這件外套。　　　　　　　試穿…：try on...　　外套：jacket

_____

would like

113 詢問對方的需求

上一課學到了 would like 句型，這一課要學的是它的疑問句。

要詢問對方的需求，例如「要來點茶嗎？」的時候，把 Do you want some tea? 換成 <u>Would you like some tea?</u>，是委婉而成熟的說法。

Would you like...? 是 Do you want...? 的委婉表達方式，意思是「你想要…嗎？」、「來點…好嗎？」，經常用在詢問顧客點餐意願的情況。

Would you like to...? 是「**你想要做…嗎？**」的意思。（這是 Do you want to...? 的委婉表達方式。to 後面接動詞的原形。）

也可以使用 What 等疑問詞，例如 What would you like to...?（你想要…什麼？）。

➕ 溫故知新 would 是助動詞 will 的過去式。使用助動詞的過去式，可以表現出迂迴、收斂的感覺，所以是比較委婉的說法。

■ **請翻譯成英文。請使用 would you like 翻譯成委婉的說法。**

(1) 要來點沙拉嗎？ 　　　　　　　　　　　　　　　一些：some　　沙拉：salad

----

(2) 你想要和我們一起來嗎？

----

(3) 要來點喝的東西嗎？ 　　　　　　　　　　　　　（某個）東西：something

----

(4) （電話中）您想要留言（留下訊息）嗎？

　　　　留下：leave　　訊息：a mcssage　　※用來表達「現在○○不在，您要留言嗎？」

(5) 你生日想要什麼？

--------------------------------------- **for your birthday?**

(6) 你想要吃什麼？ 　　　　　　　　　　　　　　　　　　　吃：eat

----

(7) 你想要去哪裡？

----

(8) 你想要哪一個？ 　　　　　　　　　　　　　　　哪一個：which one

----

would like

293

114 句子裡面的疑問句

用 what 等疑問詞開始的疑問句，如果放在別的句子裡面的話，句型會改變。例如「我不知道這是什麼」，說法是 I don't know <u>what this is</u>.。

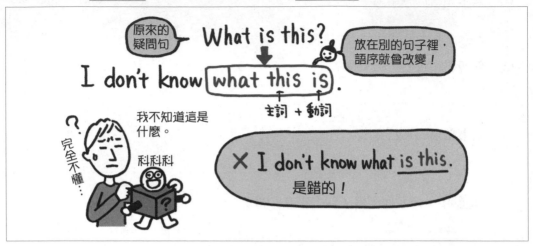

不能說 I don't know <u>what is this</u>.（✗）。疑問詞後面會變成 this is 這種〈**主詞＋動詞**〉的順序。

使用 do, does, did 的疑問句也一樣，如果放在別的句子裡面，疑問詞後面會變成〈主詞＋動詞〉的順序。（不使用 do, does, did。）

➕ **文法用語**　疑問詞開頭的疑問句，變成其他句子的一部分的時候，稱為「間接問句」。I don't know what this is. 裡面的 what this is，功能相當於名詞，可以稱為「名詞子句」，是前面的動詞 know 的受詞。

答案在322頁。
對完答案後，請聽CD跟著唸出英語發音。

mp3
136

■ 請翻譯成英文。

(1) 你知道這是什麼嗎？

Do you know _____ **?**

（參考）這是什麼？：What is this?

(2) 你知道她在哪裡嗎？

Do you know _____ **?**

（參考）她在哪裡？：Where is she?

(3) 我不知道他為什麼生氣。

I don't know _____ **.**

（參考）他為什麼生氣？：Why is he angry?

(4) 我不知道家豪（Jiahao）住在哪裡。

I don't know _____ **.**

（參考）家豪住在哪裡？：Where does Jiahao live?

(5) 我不知道她喜歡什麼顏色。

I don't know _____ **.**

（參考）她喜歡什麼顏色？：What color does she like?

(6) 他不知道她在哪裡工作。

He doesn't know _____ **.**

（參考）她在哪裡工作？：Where does she work?

(7) 你知道他什麼時候買那支手錶的嗎？

Do you know _____ **?**

（參考）他什麼時候買那支手錶的？：When did he buy the watch?

間接問句

附加問句

要表示「…，不是嗎？」，也就是尋求對方認同，或者向對方確認的時候，會使用附加問句。

附加問句是在句子最後加上兩個單字的疑問句。形式是在逗號（,）的後面加上〈否定的縮寫＋主詞?〉。附加問句的主詞都是使用代名詞。

● be 動詞句型的情況

Ann is a nice girl, isn't she?　（安是個好女孩，不是嗎？）

You're tired, aren't you?　（你累了，不是嗎？）

It was a very exciting game, wasn't it?　（那是一場非常刺激的比賽，不是嗎？）

● 一般動詞句型的情況 … 使用 do/does/did 的否定形

Wei looks happy, doesn't he?　（阿偉看起來很開心，不是嗎？）

You want to go home, don't you?　（你想回家了，不是嗎？）

She went to the bank, didn't she?　（她去了銀行，不是嗎？）

● 助動詞句型的情況 … 使用助動詞的否定形

Bob can speak Spanish, can't he?　（鮑伯會說西班牙語，不是嗎？）

Ann will be back soon, won't she?　（安馬上就會回來了，不是嗎？）

● 現在完成式句型的情況 … 使用 have/has 的否定形

You've already finished your homework, haven't you?
（你做完你的作業了，不是嗎？）

前面的句子是否定句的時候，附加問句會使用肯定的形態。

Ann won't be back, will she?　（安不會回來了，對嗎？）

感嘆句

感嘆句是用來表達「多麼…啊！」、「真是…啊！」的意思，也就是表達感動或驚訝的特殊句型。句尾會加上驚嘆號（！）（exclamation mark）。

● **How 的感嘆句 … 用〈How ＋形容詞＋主詞＋動詞！〉表達。**

How beautiful this picture is!　（這幅畫多美啊！）

How lucky you are!　（你真是幸運啊！）

在可以明確得知談論主題的情況下，經常會省略最後的〈主詞＋動詞〉。

How beautiful!　（多美啊！）

How lucky!　（真是幸運啊！）

有時候使用的不是形容詞，而是副詞。

How beautifully she sings!　（她唱得多麼美妙啊！）

● **What 的感嘆句 … 用〈What (a)＋形容詞＋名詞＋主詞＋動詞！〉表達。**

What a beautiful picture this is!　（這真是一幅美麗的畫啊！）

What a smart boy he is!　（他真是個聰明的男孩啊！）

最後的〈主詞＋動詞〉經常省略。

What a beautiful picture!　（真是一幅美麗的畫啊！）

What a smart boy!　（真是個聰明的男孩啊！）

數字的說法

基數
表示「1 個、2 個…」的數目

1	one
2	two
3	three
4	four
5	five
6	six
7	seven
8	eight
9	nine
10	ten
11	eleven
12	twelve
13	thirteen
14	fourteen
15	fifteen
16	sixteen
17	seventeen
18	eighteen
19	nineteen
20	twenty
21	twenty-one
30	thirty
40	forty
50	fifty
60	sixty
70	seventy
80	eighty
90	ninety
100	one hundred
1,000	one thousand

序數
表示「第 1、第 2…」的順序

第 1 個	first
第 2 個	second
第 3 個	third
第 4 個	fourth
第 5 個	fifth
第 6 個	sixth
第 7 個	seventh
第 8 個	eighth
第 9 個	ninth
第 10 個	tenth
第 11 個	eleventh
第 12 個	twelfth
第 13 個	thirteenth
第 14 個	fourteenth
第 15 個	fifteenth
第 16 個	sixteenth
第 17 個	seventeenth
第 18 個	eighteenth
第 19 個	nineteenth
第 20 個	twentieth
第 21 個	twenty-first
第 30 個	thirtieth
第 40 個	fortieth
第 50 個	fiftieth
第 60 個	sixtieth
第 70 個	seventieth
第 80 個	eightieth
第 90 個	ninetieth
第 100 個	one hundredth
第 1,000 個	one thousandth

● 21 之後，是把十位數（twenty ~ ninety）和個位數（one ~ nine）用連字符號（-）連在一起表示。

- ・21　　→　twenty-one　　・22　　→　twenty-two　　・23　　→　twenty-three
- ・24　　→　twenty-four　　・25　　→　twenty-five
- ・31　　→　thirty-one　　・45　　→　forty-five　　・99　　→　ninety-nine

● 百位數用 hundred 表示。（hundred 後面有沒有 and 都沒關係。）

- ・101　　→　one hundred (and) one　　・115　　→　one hundred (and) fifteen
- ・120　　→　one hundred (and) twenty　　・198　　→　one hundred (and) ninety-eight
- ・250　　→　two hundred (and) fifty　　・543　　→　five hundred (and) forty-three

● 千位數用 thousand 表示 1,000。

- ・1,000　　→　one thousand　　・1,200　　→　one thousand two hundred
- ・2,000　　→　two thousand　　・2,012　　→　two thousand twelve
- ・2,940　　→　two thousand nine hundred (and) forty
- ・10,000　　→　ten thousand　　・20,000　　→　twenty thousand
- ・100,000　　→　one hundred thousand

星期的說法

星期日	Sunday
星期一	Monday
星期二	Tuesday
星期三	Wednesday
星期四	Thursday
星期五	Friday
星期六	Saturday

月份的說法

一月	January
二月	February
三月	March
四月	April
五月	May
六月	June
七月	July
八月	August
九月	September
十月	October
十一月	November
十二月	December

● 星期和月份的第一個字母要大寫。

● 「○月○日」通常寫成 May 1（5 月 1 日）的形式。日期雖然寫成 1，但讀成 first，也就是採用序數的讀法。（在讀的時候，有時會在序數前面加上 the。）

　　　1月15日　　→　January 15（讀法是 January fifteenth）

　　　6月23日　　→　June 23（讀法是 June twenty-third）

　　　10月5日　　→　October 5（讀法是 October fifth）

動詞形態變化一覽表

請確認以下重要動詞的意義和變化形。★是不規則動詞（不規則變化形用**紅字**表示）。在規則變化中，接字尾的方法需要特別注意的，用**粗體**表示。

 mp3 141 CD 只收錄不規則動詞（★符號）的發音。
請用 CD 確認不規則動詞過去式、過去分詞的發音。
（朗讀順序是原形―過去式―過去分詞。）

基本的變化… 加 s 加 ed（e 結尾的字只加 d） 加 ing（e 結尾的字，去 e 加 ing）

原形	意義	三單現	過去式	過去分詞	ing 形
agree	同意	agrees	agreed	agreed	**agreeing** 不去 e 直接加 ing
answer	回答	answers	answered	answered	answering
arrive	抵達	arrives	arrived	arrived	arriving
ask	問	asks	asked	asked	asking
★be	（be 動詞）	**is**	**was, were**	**been**	being
★become	成為…	becomes	**became**	**become**	becoming
★begin	開始	begins	**began**	**begun**	**beginning** 重複 n
borrow	借入	borrows	borrowed	borrowed	borrowing
★break	打破	breaks	**broke**	**broken**	breaking
★bring	帶來	brings	**brought**	**brought**	bringing
★build	建造	builds	**built**	**built**	building
★buy	買	buys	**bought**	**bought**	buying
call	叫，打電話	calls	called	called	calling
carry	搬運	**carries** y 改成 i，加 es	**carried** y 改成 i，加 ed	**carried**	carrying
★catch	抓住	**catches** 加 es	**caught**	**caught**	catching
change	改變	changes	changed	changed	changing
★choose	選擇	chooses	**chose**	**chosen**	choosing
clean	清理	cleans	cleaned	cleaned	cleaning
close	關閉	closes	closed	closed	closing
★come	來	comes	**came**	**come**	coming
cook	烹煮	cooks	cooked	cooked	cooking
cry	哭，叫	**cries** y 改成 i，加 es	**cried** y 改成 i，加 ed	**cried**	crying
★cut	切	cuts	**cut**	**cut**	**cutting** 重複 t
decide	決定	decides	decided	decided	deciding
die	死	dies	died	died	**dying** ie 改成 y，加 ing
★do	做	**does** 加 es	**did**	**done**	doing

300

原形	意義	三單現	過去式	過去分詞	ing 形
★ draw	（用筆）畫	draws	**drew**	**drawn**	drawing
★ drink	喝	drinks	**drank**	**drunk**	drinking
★ drive	駕駛	drives	**drove**	**driven**	driving
★ eat	吃	eats	**ate**	**eaten**	eating
enjoy	享受	enjoys	enjoyed	enjoyed	enjoying
explain	說明	explains	explained	explained	explaining
★ fall	落下	falls	**fell**	**fallen**	falling
★ feel	感覺	feels	**felt**	**felt**	feeling
★ find	找到	finds	**found**	**found**	finding
finish	完成	**finishes** 加 es	finished	finished	finishing
★ fly	飛	**flies** y 改成 i，加 es	**flew**	**flown**	flying
★ forget	忘記	forgets	**forgot**	**forgotten**	**forgetting** 重複 t
★ get	得到	gets	**got**	**gotten**	**getting** 重複 t
★ give	給	gives	**gave**	**given**	giving
★ go	去	**goes** 加 es	**went**	**gone**	going
★ grow	成長	grows	**grew**	**grown**	growing
happen	發生	happens	happened	happened	happening
★ have	擁有	**has**	**had**	**had**	having
★ hear	聽到	hears	**heard**	**heard**	hearing
help	幫助	helps	helped	helped	helping
★ hit	打	hits	**hit**	**hit**	**hitting** 重複 t
★ hold	握，舉辦	holds	**held**	**held**	holding
hope	希望	hopes	hoped	hoped	hoping
hurry	匆忙	**hurries** y 改成 i，加 es	**hurried** y 改成 i，加 ed	**hurried**	hurrying
introduce	介紹	introduces	introduced	introduced	introducing
invent	發明	invents	invented	invented	inventing
invite	邀請	invites	invited	invited	inviting
join	參加	joins	joined	joined	joining
★ keep	保持	keeps	**kept**	**kept**	keeping
kill	殺	kills	killed	killed	killing
★ know	知道	knows	**knew**	**known**	knowing
learn	學到，學會	learns	learned	learned	learning
★ leave	離開	leaves	**left**	**left**	leaving
★ lend	借出	lends	**lent**	**lent**	lending

原形	意義	三單現	過去式	過去分詞	ing 形
like	喜歡	likes	liked	liked	liking
listen	聆聽	listens	listened	listened	listening
live	住	lives	lived	lived	living
look	看，看起來…	looks	looked	looked	looking
★ lose	失去，輸	loses	**lost**	**lost**	losing
love	愛	loves	loved	loved	loving
★ make	做	makes	**made**	**made**	making
★ mean	意思是…	means	**meant**	**meant**	meaning
★ meet	會面	meets	**met**	**met**	meeting
miss	錯過	**misses** 加 es	missed	missed	missing
move	移動	moves	moved	moved	moving
name	命名	names	named	named	naming
need	需要	needs	needed	needed	needing
open	打開	opens	opened	opened	opening
paint	（用畫具）畫	paints	painted	painted	painting
plan	計畫	plans	**planned** 重複 n	**planned** 重複 n	**planning** 重複 n
play	從事（運動）	plays	played	played	playing
practice	練習	practices	practiced	practiced	practicing
★ put	放置	puts	**put**	**put**	**putting** 重複 t
★ read	讀	reads	**read**	**read**	reading
receive	收到	receives	received	received	receiving
remember	記得	remembers	remembered	remembered	remembering
return	返回	returns	returned	returned	returning
★ ride	騎	rides	**rode**	**ridden**	riding
★ run	跑	runs	**ran**	**run**	**running** 重複 n
save	救，挽救	saves	saved	saved	saving
★ say	說	says	**said**	**said**	saying
★ see	看到	sees	**saw**	**seen**	seeing
★ sell	賣	sells	**sold**	**sold**	selling
★ send	寄	sends	**sent**	**sent**	sending
★ show	讓…看	shows	showed	**shown**	showing
★ sing	唱	sings	**sang**	**sung**	singing
★ sit	坐	sits	**sat**	**sat**	**sitting** 重複 t
★ sleep	睡覺	sleeps	**slept**	**slept**	sleeping

原形	意義	三單現	過去式	過去分詞	ing 形
smell	聞起來…	smells	smelled	smelled	smelling
sound	聽起來…	sounds	sounded	sounded	sounding
★ speak	講話	speaks	spoke	spoken	speaking
★ spend	花費	spends	spent	spent	spending
★ stand	站	stands	stood	stood	standing
start	開始	starts	started	started	starting
stay	停留	stays	stayed	stayed	staying
stop	停止	stops	stopped 重複 p	stopped 重複 p	stopping 重複 p
study	學習	studies y 改成 i，加 es	studied y 改成 i，加 ed	studied	studying
★ swim	游泳	swims	swam	swum	swimming 重複 m
★ take	拿，拿走	takes	took	taken	taking
talk	談話	talks	talked	talked	talking
taste	吃起來…	tastes	tasted	tasted	tasting
★ teach	教	teaches 加 es	taught	taught	teaching
★ tell	告訴	tells	told	told	telling
★ think	想，認為	thinks	thought	thought	thinking
touch	觸摸	touches 加 es	touched	touched	touching
try	嘗試	tries y 改成 i，加 es	tried y 改成 i，加 ed	tried	trying
turn	轉彎	turns	turned	turned	turning
★ understand	了解	understands	understood	understood	understanding
use	用	uses	used	used	using
visit	拜訪	visits	visited	visited	visiting
wait	等	waits	waited	waited	waiting
walk	走	walks	walked	walked	walking
want	想要	wants	wanted	wanted	wanting
wash	洗	washes 加 es	washed	washed	washing
watch	觀看	watches 加 es	watched	watched	watching
★ wear	穿著	wears	wore	worn	wearing
★ win	贏	wins	won	won	winning 重複 n
work	工作	works	worked	worked	working
worry	擔心	worries y 改成 i，加 es	worried y 改成 i，加 ed	worried	worrying
★ write	寫	writes	wrote	written	writing

基本練習、複習測驗的解答

◆ 如果有其他正確答案，會寫在〔 〕裡面。

◆ 有多種正確答案的時候，CD只會唸出第一種答案。

◆ 配合 CD 的朗讀方式，這裡基本上以使用 I'm、isn't 等縮寫形態的答案為主，但就算不使用縮寫，當然也是對的。

〈縮寫〉		〈非縮寫〉	〈縮寫〉		〈非縮寫〉	〈縮寫〉		〈非縮寫〉
I'm	→	I am	it's	→	it is	isn't	→	is not
you're	→	you are	that's	→	that is	aren't	→	are not
we're	→	we are				don't	→	do not
they're	→	they are	what's	→	what is	doesn't	→	does not
he's	→	he is	how's	→	how is	didn't	→	did not
she's	→	she is	who's	→	who is			

01 「主詞」與「動詞」是什麼？
11頁

(1) (You) run fast.
(2) (Ming) likes baseball.
(3) (We) speak Chinese.
(4) You (eat) a lot.
(5) I (have) a bike.
(6) We (walk) to school.
(7) I (like) music.

02 「be 動詞」是什麼？
13頁

(1) I (am) busy.
(2) I [speak] English.
(3) You (are) kind.
(4) Miki (is) a singer.
(5) My name (is) Jiahao.
(6) His house (is) big.
(7) I [watch] TV every day.
(8) Ming (is) in the kitchen.
(9) I [have] a brother.

03 am, are, is 的用法區分 ①
15頁

(1) ① I am busy. ② I'm busy.
(2) ① You are tall. ② You're tall.
(3) ① I am eighteen. ② I'm eighteen.
(4) ① You are late. ② You're late.
(5) ① I am from Taipei. ② I'm from Taipei.
(6) ① I am a doctor. ② I'm a doctor.

注意▶在書寫英文時，請依照規則正確地書寫。尤其要注意句首、人名及地名的第一個字母都要大寫，句尾則必須加上句點（．）。

(3) 在表達年齡時，有時候會在後面加上 years old（…歲）。

04 am，are，is 的用法區分 ②
17頁

(1) is (2) is (3) am
(4) are (5) is (6) is
(7) This is my bike.
(8) My mother is busy.
(9) She's a teacher.
(10) My favorite color is red.

05 am，are，is 的用法區分 ③
19頁

(1) is (2) are (3) is
(4) are (5) are (6) are
(7) We're tired.
(8) My parents are from Kaohsiung.
(9) Yijun and Yifang are in the kitchen.

06 am，are，is 的整理
21頁

(1) is (2) am (3) is
(4) are (5) are
(6) Mr. Smith is an English teacher.
(7) This camera is new.
(8) That house is old.
(9) They're at home.

複習測驗

1 (1) She　　(2) You're　　(3) are
　(4) is　　(5) are

2 (1) This is his camera.
　(2) That's my bike.
　(3) They're from Australia.
　(4) Her house is big.
　(5) My classmates are very nice.

3 (1) I'm from Tokyo.
　(2) I'm nineteen（years old）.
　(3) I'm a college student.
　(4) My mother is an English teacher.

07 各式各樣的動詞

(1) play (2) have (3) like (4) watch
(5) I like music.
(6) I play the guitar.
(7) I study English
(8) I speak Chinese.
(9) I have a lot of CDs.
(10) I have a cat.

08 「第三人稱」是什麼？

打○的題號 … (1) (3) (5) (6) (7) (8) (9)
注意▶(2) I 是第一人稱、(4) You 是第二人稱

09 動詞形態的用法區分 ①

(1) play, plays　　(2) play, plays
(3) like, likes　　(4) live, lives
(5) walks　　　　(6) comes
(7) speaks　　　　(8) wants

10 容易犯錯的「三單現」

(1) have, has　　(2) have, has
(3) teaches　　　(4) watches
(5) studies　　　(6) plays
(7) goes　　　　(8) washes

11 動詞形態的用法區分 ②

(1) play　　(2) plays　　(3) play
(4) play　　(5) play　　(6) studies

(7) live　　(8) go　　(9) speak
(10) like

12 動詞形態的整理

(1) live　　(2) likes　　(3) speak
(4) want　　(5) play　　(6) has
(7) go　　(8) watches　　(9) comes
(10) study
注意▶(2)(6)(8)(9)的主詞是第三人稱單數，所以動詞要改成「加 s 的形態」。請注意 have→has，watch→watches 的變化。

複習測驗

1 (1) likes (2) speak (3) go (4) live
　(5) washes
注意▶(1) 在英語中，發生 likes soccer 這種相同的音連在一起的情況時（這裡是 s 的音），發音經常會相連而不會分開，請特別注意。likes soccer 的發音聽起來和 like soccer 很像。

2 (1) studies　　(2) teaches　　(3) practice
　(4) comes

3 (1) I like basketball.
　(2) Yating plays the piano.
　(3) My sister has a camera.
　(4) I watch TV
　(5) Ms. Smith speaks Chinese.
　(6) Wei walks to school

13 「他」、「我們」等等

(1) We　　(2) It　　　(3) She
(4) They　　(5) He　　(6) They
(7) This　　(8) That　　(9) These

14 「他的」、「我們的」等等

(1) My　　(2) Our　　(3) Your
(4) his　　(5) Their　　(6) Her
(7) Their　　(8) Lucy's, His

15 增添資訊的字詞 ①

(1) has a big dog
(2) want a new camera
(3) book is interesting
(4) a small house

(5) question is easy

(6) have a good idea

(7) is a tall girl

(8) has an old car

(9) is her new bike

注意▶a 表示「一個」的意思，用在名詞前面（如果名詞前面有形容詞的話，就放在形容詞前面）。如果像 (8) 的 old 一樣，開頭的發音是母音（a, e, i, o, u 等等）的時候，前面接的 a 就要改成 an。（關於 a 和 an，會在 p.86 學到。）

16　增添資訊的字詞 ②
45 頁

(1) Ming plays the piano well.

(2) I usually walk to school.

(3) Yating studies English hard.

(4) I watch TV every day.

(5) Mr. Wang often goes to Taipei.

(6) We play soccer here.

(7) I sometimes go to the library.

注意▶(3)「努力地」用 hard 表示。

(7) 雖然表示頻率的副詞基本上是放在一般動詞前面，但 sometimes 也可以放在句首或句尾。

17　增添資訊的字詞 ③
47 頁

(1) in (2) on (3) to (4) before

(5) I go to school with my brother.

(6) He comes here at ten.

(7) I have a camera in my bag.

(8) We play soccer after school.

(9) She teaches English in Japan.

注意▶中文的「在…」在英語裡是用許多種介系詞來表達。(1) (7) 等表示「在（某個空間）裡面」的情況是用 in，而像 (2) 一樣表示接觸某物的「…上面」是用 on，表示目的地（往…）的 (3) 用 to，表示「在…點」的 (6) 用 at。

複習測驗
48 頁

1 (1) in (2) after (3) well (4) often
  (5) our

2 (1) has a red car
  (2) book is interesting
  (3) tall boy is Ming
  (4) comes here every day

注意▶(4) 句中增添的資訊，通常會依照「地點」→「時間」的順序排列。

3 (1) We play tennis after school.

(2) This is our new house.

(3) His question is easy.

(4) Their school is very small.

(5) She has a computer in her room.

(6) I usually go to school with Mei.

18　形成否定句的方法 ①
53 頁

(1) This isn't my bike.

(2) I'm not a good singer.

(3) My brother isn't a baseball fan.

(4) Aiko isn't a high school student.

(5) I'm not hungry.

(6) We aren't〔We're not〕busy now.

(7) He isn't〔He's not〕from Australia.

(8) I'm not ready.

19　形成否定句的方法 ②
55 頁

(1) I don't play tennis.

(2) I don't know his name.

(3) They don't use this room.

(4) We don't live here.

(5) I don't like my new job.

(6) I don't like baseball.

(7) I don't have a cell phone.

(8) They don't speak Japanese.

(9) I don't drink milk.

20　形成否定句的方法 ③
57 頁

(1) Mike doesn't live in Taipei.

(2) Wei doesn't like math.

(3) My father doesn't have a car.

(4) Ms. Chen doesn't have a cell phone.

(5) Ken doesn't know my phone number.

(6) My mother doesn't drink coffee.

(7) My grandfather doesn't watch TV.

(8) Mr. Brown doesn't speak Japanese.

(9) She doesn't have breakfast.

21　isn't 和 don't 的整理
59 頁

(1) am　　(2) do　　(3) am

(4) does　　　(5) is　　　(6) don't
(7) doesn't　　(8) don't

複習測驗
60頁

1 (1) doesn't　(2) don't　(3) isn't
　(4) aren't　(5) isn't

2 (1) I'm not busy now.
　(2) I don't like science.
　(3) My grandmother doesn't watch TV.
　(4) Lucy doesn't speak Chinese at home.
　(5) Mei and I aren't in the same class.

3 (1) I don't know her name.
　(2) My mother doesn't make breakfast on Sundays.
　(3) My mother doesn't have a car.
　(4) Mr. Wang isn't a Chinese teacher.
　(5) They aren't〔They're not〕here now.

22　形成疑問句的方法 ①
63頁

(1) Is that a dog?
(2) Is this your notebook?
(3) Are they in the same class?
(4) Is she a teacher?
(5) Are you busy?
(6) Is that a hospital?
(7) Are you from China?
(8) Is Kate there?

注意▶在書寫疑問句的時候，別忘了句尾要加上問號（？），而不是句號。

(3) 原句中的 They're 是 They are 的縮寫，所以疑問句是 Are they...?。

23　Are you...? 這類句子的回答法
65頁

(1) ①Yes, he is.
　②No, he isn't.〔No, he's not.〕
(2) ①Yes, she is.
　②No, she isn't.〔No, she's not.〕
(3) ①Yes, I am.
　②No, I'm not.
(4) ①Yes, it is.
　②No, it isn't.〔No, it's not.〕
(5) ①Yes, it is.

②No, it isn't.〔No, it's not.〕
(6) ①Yes, they are.
　②No, they aren't.〔No, they're not.〕
(7) ①Yes, he is.
　②No, he isn't.〔No, he's not.〕

24　形成疑問句的方法 ②
67頁

(1) Do you like soccer?
(2) Do you live near here?
(3) Do you have a cell phone?
(4) Do you speak English?
　①Yes, I do.　②No, I don't.
(5) Do you watch TV every day?
　①Yes, I do.　②No, I don't.
(6) Do you play the piano?
　①Yes, I do.　②No, I don't.
(7) Do you know her name?
　①Yes, I do.　②No, I don't.

25　形成疑問句的方法 ③
69頁

(1) Does she play tennis?
(2) Does he live in London?
(3) Does Ms. Chen teach science?
(4) Does Ms. Miller speak Spanish?
　①Yes, she does.
　②No, she doesn't.
(5) Does your mother play the piano?
　①Yes, she does.
　②No, she doesn't.
(6) Does your father have a car?
　①Yes, he does.
　②No, he doesn't.
(7) Does Mr. Wang work hard?
　①Yes, he does.　②No, he doesn't.

26　Are you...? 和 Do you...? 的整理
71頁

(1) Are　(2) Do　(3) Are　(4) Does
(5) Is　(6) Does　(7) Do　(8) Does
(9) Do　⑩ Do

複習測驗
72頁

1 (1) Is　(2) Do　(3) Is　(4) Does

2 (1) Is she busy today?
(2) Does Wei like science?

3 (1) Yes, it is.
(2) No, I don't.
(3) Yes, he does.
(4) No, they aren't.〔No, they're not.〕

4 (1) Do you like baseball?
(2) Does Peiling play the piano?
(3) Does your father have a car?
(4) Is Mr. Lin a Chinese teacher?
(5) Is Mike from Australia?
(6) Do Mike and Bob speak Chinese?
－No, they don't.

27 詢問「什麼？」的句子 ①
——————————— 75頁

(1) What's this?
(2) What's that?
(3) What's your sister's name?
(4) What's your favorite sport?
(5) What's in this box?
(6) It's a cell phone.
(7) It's a ham sandwich.
(8) It's a hotel.

28 詢問時間、星期幾的句子
——————————— 77頁

(1) What time is it?
(2) What day is it today?
(3) What time is it in New York?
(4) ① It's five (o'clock).
② It's six thirty.
③ It's eight twenty.
④ It's eleven fifteen.
(5) ① It's Sunday.
② It's Monday.
③ It's Wednesday.
④ It's Saturday.
注意▶(2)「今天星期幾？」除了用 it 當主詞，說
What day is it today? 以外，也可以用 today 當主
詞，說 What day is today?。

29 詢問「什麼？」的句子 ②
——————————— 79頁

(1) What do you have?
(2) What do you have〔eat〕

(3) What do you do
(4) What does your father do
(5) What subject do you like?
(6) What sports does she like?
(7) What time do you get up?
(8) What time do you usually go to bed?
注意▶(3) What do you do　(4) What does your
father do 後面的 do 是表示「做」的一般動詞。

30 「誰？」「哪裡？」「何時？」
——————————— 81頁

(1) Which　(2) Where
(3) Who　(4) When
(5) Who is Helen?
(6) Which is your notebook?
〔Which notebook is yours?〕
(7) Where do you live?
(8) When is your birthday?
(9) Where is Mr. Watanabe?
(10) When do you watch TV?

31 詢問「怎麼樣？」的句子
——————————— 83頁

(1) How's your mother?
(2) How's the weather
(3) How do you come
(4) How's your new job?
(5) ① It's sunny.
② It's rainy.
③ It's cloudy.

複習測驗
——————————— 84頁

1 (1)　b　　(2)　a　　(3)　c
(4)　f　　(5)　e　　(6)　d
注意▶我們來檢視一下各句的語意。
(1) 你每個禮拜日做什麼？－我打棒球。　(2) 我的字
典在哪裡？－在桌上。　(3) 蘇先生是誰？－他是老
師。　(4) 那棟建築物是什麼？－是學校。　(5) 你手
上拿的是什麼？－我拿著書。　(6) 伯父好嗎（最近
過得怎樣）？－他很好。

2 (1) What is your brother's name?
(2) What sports do you like?
(3) How is the weather in Hualien?
(4) What do you have for breakfast?

3 (1) When is your birthday?

(2) Where do you live?

(3) What subject do you like?

(4) What time is it?

(5) What day is it today?

32 「複數形」是什麼？

(1) dogs　(2) teacher　(3) hamburgers

(4) books　(5) songs　(6) friends

(7) sisters　(8) cars

注意▶(7) any 後面的名詞要接複數形。any 在否定句裡表示「一個也沒有」，在疑問句中則表示「一些」或者「任何一個」。

33 需要注意的複數形
89頁

(1) cities　(2) boxes　(3) men

(4) women　(5) children　(6) families

(7) classes　(8) countries　(9) water

34 詢問數字的句子
91頁

(1) How many dogs　(2) How long

(3) How old　(4) How tall

(5) How much

(6) How long is this movie?

(7) How old is this building?

(8) How many books do you have?

(9) How much is that bag?

35 要求對方做某事的句子
93頁

(1) Stand　(2) open　(3) Wash

(4) wait　(5) use　(6) write

(7) Look

注意▶在祈使句中，經常會稱呼對方的名字。(1) 的 Wei、(3) 的 Mary 和 (5) 的 Yijun 都是稱呼對方的名字，但並不是句子的主詞。對方的名字可以放在句子前面或後面，但請注意一定要用逗號（,）區隔開來。

36 「不要做…」「我們做…吧」
95頁

(1) Let's sing together.

(2) Let's go to the park.

(3) Don't swim here.

(4) Let's go home.

(5) Don't open this box.

(6) Let's play tennis after school.

(7) Don't take pictures here.

(8) Don't worry.

37 「我」、「他」等等的受格
97頁

(1) him　(2) you　(3) me

(4) them　(5) her　(6) us

(7) me　(8) them

注意▶(8) 表示物品的複數「它們」時，也是用 them。

複習測驗
98頁

1 (1) us　(2) him　(3) cats

(4) children　(5) brothers　(6) countries

2 (1) d　(2) a　(3) b　(4) c

注意▶我們來檢視一下各句的語意。

(1) 你的哥哥／弟弟幾歲？－18歲。　(2) 這個多少錢？－ 500 元。　(3) 英文課時間多長？－ 40 分鐘。　(4) 林先生有幾台車？－他有 2 台。

3 (1) How many CDs do you have?

(2) I know them well.

(3) Please don't open the window.
〔Don't open the window, please.〕

(4) Let's call her.

(5) How many sisters does she have?

(6) How old is this temple?

38 「現在進行式」是什麼？
103頁

(1) Jiahao is playing the piano.

(2) She's reading a book.

(3) I'm studying English in the library.

(4) They're watching TV in the living room.

(5) We're waiting for the bus.

(6) Ming and Wei are talking.

(7) Mei is listening to music in her room.

(8) It's raining.

39 容易出錯的 ing 形
105頁

(1) running　(2) writing　(3) making

(4) sitting　(5) swimming　(6) using

(7) I know him.　(8) I have a cat.

(9) He's having〔eating〕breakfast.

(10) She wants a new cell phone.

40 進行式的否定句、疑問句
—— 107 頁

(1) I'm not watching TV.
(2) They aren't〔They're not〕talking.
(3) Ming isn't studying.
(4) Are you waiting for George?
　① Yes, I am.　② No, I'm not.
(5) Is he running?
　① Yes, he is.
　② No, he isn't.〔No, he's not.〕
(6) Are Jiahao and Yijun playing tennis?
　① Yes, they are.
　② No, they aren't.〔No, they're not.〕
(7) Are you listening to me?
　① Yes, I am.　② No, I'm not.

41 「現在在做什麼？」
—— 109 頁

(1) What are you doing?
(2) What's Ming doing?
(3) What are they doing in the classroom?
(4) What are you making?
(5) Who's playing the piano?
(6) I'm waiting for Bob.
(7) She's writing an e-mail.
(8) He's making sandwiches.

複習測驗
—— 111 頁

1 (1) Are　(2) I know　(3) isn't
　(4) is watching　(5) Do you have
注意▶(2)(5) know（認識）和 have（擁有）不會使用進行式。
(4) 因為不是表示平常的習慣，而是表示現在在房間裡做的事，所以用進行式回答。

2 (1) Yes, he is.
　(2) I'm having〔eating〕lunch with Yijun.
　(3) They're swimming.
　(4) He's listening to music.
　(5) My mother (is).
注意▶(5) Who is ...ing?（誰在做…？）的答案，要回答「正在做的人」的名稱。可以簡單地回答 My mother.，也可以像 My mother is. 一樣加上 be 動詞。這個 is 功能是代表 My mother is playing the piano. 裡面畫底線的部分。

3 (1) My mother is cooking in the kitchen.
(2) Are you writing a letter?
(3) He's running in the schoolyard.
(4) What are you doing?
(5) Is it raining in Tokyo?
(6) I'm not sleeping.
注意▶(5) 在表達天氣或時間的句子裡，會用 it 當主詞，這裡的 it 不是「它」的意思。

42 「過去式」是什麼？
—— 113 頁

(1) I watched TV last night.
(2) We played baseball yesterday.
(3) He helped us ten years ago.
(4) Yating visited her uncle last week.
(5) I talked with Bob last Sunday.
(6) She walked to school last Monday.
(7) He called me an〔one〕hour ago.
(8) He suddenly looked at me.

43 要特別注意的過去式
—— 115 頁

(1) had　(2) saw　(3) liked
(4) wrote　(5) used　(6) made
(7) read　(8) stopped
(9) I went to Hawaii last week.
(10) I studied English last night.
(11) Jim came to Japan two weeks ago.
(12) Mr. Jones lived in Tokyo three years ago.
(13) She got up at eight this morning.

44 過去式的否定句
—— 117 頁

(1) He didn't have a cell phone.
(2) They didn't use this room.
(3) I didn't see her at the party.
(4) I didn't go to school yesterday.
(5) He didn't watch TV last night.
(6) Maria didn't come to practice last Sunday.
(7) They didn't sleep last night.
(8) I didn't have〔eat〕breakfast this morning.

45 過去式的疑問句
—— 119 頁

(1) Did she play tennis yesterday?
(2) Did you write this letter?

(3) Did they come to Japan last month?

(4) Did she make this cake?

(5) Did your mother have〔eat〕breakfast this morning?
① Yes, she did.
② No, she didn't.

(6) Did you enjoy the concert?
① Yes, I did.
② No, I didn't.

(7) Did you go to school last Saturday?
① Yes, I did.
② No, I didn't.

46 「做了什麼？」
———— 121頁

(1) What did you do last Sunday?

(2) When did you see him?

(3) When did Ms. Smith come to Taiwan?

(4) What time did you get up this morning?

(5) Where did you go yesterday?

(6) How did you get this watch?

(7) What did you have〔eat〕for breakfast?

(8) How did you learn Chinese?

47 was 和 were
———— 123頁

(1) was　(2) were　(3) was　(4) were

(5) The〔That〕book was interesting.

(6) We were in〔at〕the library an〔one〕hour ago.

(7) Helen was late for school today.

48 was, were 的否定句
———— 125頁

(1) It wasn't sunny in Tokyo last Saturday.

(2) The questions weren't difficult.

(3) He wasn't good at baseball.

(4) They weren't rich.

(5) I wasn't busy last week.

(6) We weren't〔at〕home then.

(7) I wasn't happy.

注意▶(6) then（那時候）也可以用 at that time 表達。

49 was，were 的疑問句
———— 127頁

(1) Was the test difficult?

(2) Were they kind to Ken?

(3) Were you tired then?

(4) Were they in the classroom then?
① Yes, they were.　② No, they weren't.

(5) Was it hot last Monday?
① Yes, it was.　② No, it wasn't.

(6) Were you sick yesterday?
① Yes, I was.　② No, I wasn't.

50 過去式句型整理
———— 129頁

(1) was　　(2) had

(3) were　　(4) went, was

(5) I didn't watch TV last night.

(6) Were they kind to you?

(7) Did you get up early this morning?

(8) What did you do last weekend?

51 「過去進行式」是什麼？
———— 131頁

(1) were watching　(2) was running

(3) was writing

(4) My sister was cooking in the kitchen then.

(5) They were studying in〔at〕the library.

(6) Bob and I were talking on the phone.

(7) It was raining two hours ago.

52 過去進行式的否定句、疑問句
———— 133頁

(1) Ming wasn't studying then.

(2) They weren't talking.

(3) Shufen wasn't playing the piano then.

(4) Were you waiting for the〔a〕bus?
－Yes, I was.

(5) Was it raining in Taichung then?
－No, it wasn't.

(6) What were you doing then?
－I was watching TV.

複習測驗
———— 134頁

1 (1) took　(2) were　　(3) came
(4) was　　(5) watching

注意▶(1) and 前面的動詞 went 是過去式，所以後面的動詞也要用過去式 took。

(5) 請注意前面有 be 動詞 was。這是表示「佩玲那時候正在和家豪看電視」的過去進行式句子。

2 (1) Yes, he was.
  (2) I played tennis with my sister.
  (3) I went to bed at eleven (o'clock).

3 (1) I was a student last year.
  (2) We were in Okinawa last week.
  (3) He got up at seven (o'clock) this morning.
  (4) It wasn't cold last night.
  (5) Did you study English yesterday?
  (6) What were you doing in your room?

53 表示未來的 be going to
139 頁

(1) I'm going to play tennis
(2) Yijun is going to meet〔see〕her friend(s)
(3) He's going to visit China
(4) I'm going to go shopping this weekend.
(5) We're going to clean the park tomorrow.
(6) My mother is going to go to a concert next Monday.
(7) Mr. Johnson is going to come to Japan next year.
(8) I'm going to be late.

54 be going to 的否定句和疑問句
141 頁

(1) I'm not going to have〔eat〕dinner today.
(2) They aren't going to play basketball after school.
(3) Is he going to come here tomorrow?
    ① Yes, he is. ② No, he isn't.
(4) Are you going to do your homework tonight?
    ① Yes, I am. ② No, I'm not.
(5) Are they going to visit Australia in August?
    ① Yes, they are. ② No, they aren't.
(6) Are you going to buy this new book?
    ① Yes, I am. ② No, I'm not.

55 「你要做什麼？」
143 頁

(1) What are you going to do tomorrow?
(2) What is Ming going to do this weekend?
(3) When are you going to visit Nantou?
(4) Where is he going to go?
(5) How long are you going to stay there?

(6) What time are you going to get up tomorrow?
(7) I'm going to go shopping.
(8) She's going to visit Canada.

56 表示未來的 will
145 頁

(1) You'll be〔become〕a good teacher.
(2) He'll help Yijun.
(3) I'll call him tomorrow.
(4) I'll go with you.
(5) I'll carry your bag.
(6) They'll be〔come〕back soon.
(7) We'll be free this afternoon.
(8) It'll be cloudy tomorrow.

57 will 的否定句和疑問句
147 頁

(1) I won't play video games today.
(2) Yifang won't go there next week.
(3) I won't be late tonight.
(4) Will Ming call Jiahao later?
    ① Yes, he will. ② No, he won't.
(5) Will Ms. Lin come at eight?
    ① Yes, she will. ② No, she won't.
(6) Will it be sunny tomorrow?
    ① Yes, it will. ② No, it won't.

複習測驗
148 頁

1 (1) I'm   (2) will   (3) go
  (4) Are   (5) be   (6) won't
注意▶(3)(5) be going to 和 will 後面接的動詞是原形。

2 (1) Yes, she is.
  (2) No, he won't.
  (3) I'm going to clean my room.
  (4) She's going to stay (there〔in Canada〕) for three weeks.

3 (1) I'll call her now.
  (2) Will it be sunny tomorrow morning?
  (3) I'm going to meet〔see〕Yijun next week.
  (4) Where are you going to have〔eat〕lunch?
  (5) Is your father going to wash his car tomorrow?
  (6) I'm not going to visit Okinawa this month.

58 表示能力的「會⋯」的 can
151頁

(1) I can play the piano.
(2) Jiahao can't play the guitar.
(3) He can run fast.
(4) She can't read Chinese.
(5) They can ski well.
(6) My dog can swim.
(7) I can't hear you.
(8) Mr. Johnson can speak four languages.

59 詢問能力的「會⋯嗎？」
153頁

(1) Can you play the piano?
(2) Can she read Japanese?
(3) Can he swim?
　　① Yes, he can. ② No, he can't.
(4) Can your sister drive?
　　① Yes, she can. ② No, she can't.
(5) Can you ski?
　　① Yes, I can. ② No, I can't.
(6) Can you hear mc?
　　① Yes, I can. ② No, I can't.

60 「我可以⋯嗎？」「你可以⋯嗎？」
155頁

(1) Can I use this phone?
(2) Can you open the door?
(3) Can you help me?
(4) Can I read this letter?
(5) Can you close the window?
(6) Can I use your dictionary?
(7) Can you play the piano for me?
(8) Can I have some water?
　　注意▶(7)「為了我」是用 for me 表示。

61 「您可以⋯嗎？」
157頁

(1) Can you come here?

(2) Could you help me?
(3) Can you open the door?
(4) Could you read this for me?
(5) Could you wait here?
(6) Sure.
(7) All right.

62 表示請求的 Will you...? 等表達方式
159頁

(1) Will you help me?
(2) Would you close the window(s)?
(3) Can I sit here?
(4) May I use your computer?
(5) May I use this phone?
(6) May I come in?
(7) Will you wash the dishes?
(8) Would you say that again?

63 「做⋯好嗎？」
161頁

(1) Shall I help you?
(2) Shall we have〔eat〕lunch together?
(3) What shall we do?
(4) Shall I call you later?
(5) Shall I open the window(s)?
(6) Yes, let's.
(7) Yes, please.

64 「必須⋯」①
163頁

(1) have to　(2) has to　(3) have to
(4) Wei has to go to the hospital.
(5) You have to practice the piano.
(6) I have to finish my homework now.
(7) You have to use English here.
(8) She has to go〔come〕home early.

65 have to 的否定句和疑問句
165頁

(1) You don't have to hurry.

《助動詞的縮寫》

〈縮寫〉		〈非縮寫〉	〈縮寫〉		〈非縮寫〉	〈縮寫〉		〈非縮寫〉
I'll	→	I will	it'll	→	it will	won't	→	will not
you'll	→	you will	we'll	→	we will	can't	→	cannot
he'll	→	he will	they'll	→	they will	mustn't	→	must not
she'll	→	she will						

(2) Mei doesn't have to get up early tomorrow.

(3) Do you have to practice every day?

(4) Does Jim have to leave Taiwan next month?

(5) Do you have to go now?

(6) I don't have to do my homework today.

(7) Do I have to work tomorrow?

(8) Does he have to speak English there?
① Yes, he does.　② No, he doesn't.

66 「必須…」②
───────────────── 167頁

(1) You must go to the hospital.

(2) You mustn't use Chinese in〔during〕 class.

(3) You mustn't touch these paintings.

(4) We must hurry.

(5) You must read this book.

(6) He must work hard.

(7) You mustn't open this door.
注意▶請注意 (2)(3)(7) 的 mustn't（must not 的縮寫）發音是〔mʌsn̩t〕。

複習測驗
───────────────── 168頁

1 (1) have　(2) don't　(3) must
(4) swim
　注意 (2)表示「你不必吃它。」，(4)表示「他絕對不能在這裡游泳。」，請注意這兩種否定句的意義差別。

2 (1) 乙　(2) 丙　(3) 甲　(4) 丙
(5) 丙
注意▶我們來檢視一下各句的語意。
(1)「我可以用你的鉛筆嗎？」「好啊，給你。」
(2)「我現在必須走了嗎？」「不，不用」。 (3)「你可以關門嗎？」「當然。」 (4)「我們去購物好嗎？」「好，我們去吧。」 (5)「您可以幫助我做作業嗎？」「抱歉，我今天很忙。」

3 (1) Shall I help you?
(2) May I come in?
(3) Can you open the window(s)?
(4) You don't have to worry.
(5) Shall we meet here at two (o'clock)?
(6) Could you wait here?

67 「不定詞」是什麼？
───────────────── 173頁

(1) a　(2) a　(3) b

(4) She gets up early to make〔cook〕breakfast.

(5) Jiahao went home to watch TV.

68 「為了…」、引起感情的原因
───────────────── 175頁

(1) to borrow some books

(2) to play games

(3) I got up early to do my homework.

(4) Mr. Chen came to see you this morning.

(5) to hear that

(6) to hear that

(7) to hear the news

(8) to see the picture

69 「需要…的」、「可以…的」
───────────────── 177頁

(1) homework to do

(2) time to read books

(3) places to see

(4) time to go to bed

(5) something to drink

(6) something to eat

(7) anything to do

(8) nothing to do

70 「做…這件事」
───────────────── 179頁

(1) to visit many countries

(2) to be a teacher in the future

(3) to take pictures

(4) to write letters

(5) to study Japanese last year

(6) to sing

(7) to speak to him in English

(8) to call Mr. Chen

(9) to buy some vegetables

71 「動名詞」是什麼？
───────────────── 181頁

(1) We enjoyed talking.

(2) My father likes listening to music.

(3) She finished reading the story.

(4) Making friends is easy.

(5) writing　(6) to see

(7) studying　(8) reading

複習測驗

182 頁

1 (1) to play   (2) talking
  (3) To walk   (4) Studying

2 (1) I want some DVDs to watch.
  (2) She is going to buy a computer to play video games.

3 (1) wants something to
  (2) want to go to
  注意▶我們來檢視一下各句的語意。
  (1) 艾美（Amy）想要一點喝的東西。
  (2) 我有朝一日想去美國。

4 (1) I want to live by〔near〕the sea.
  (2) She wants to be〔become〕a teacher.
  (3) It will stop raining
  (4) He visited Canada to ski.
  (5) We have a lot of homework to do.
  (6) I don't have time to sleep.
  (7) I started〔began〕to use this cell phone last month.
  注意▶(6) 也可以說「I have no time to sleep.」

72　連接詞 that

185 頁

(1) I think that this book is interesting.
(2) I know that Junyan likes sports.
(3) I think soccer is popular
(4) I know〔that〕my brother is busy.
(5) I think〔that〕English is difficult.
(6) I know (that) Mr. Huang is from Kaohsiung.
(7) I think〔that〕we need more time.

73　連接詞 when

187 頁

(1) when I got up
(2) when she was young
(3) when I visited her
(4) when I get to the station
(5) I was listening to music when you called me.〔When you called me, I was listening to music.〕
(6) My mother was cooking when I came home.〔When I came home, my mother was cooking.〕
(7) I wanted to be a police officer when I was a child.〔When I was a child, I wanted to be a police officer.〕

74　連接詞 if, because

189 頁

(1) because you're late
(2) if you're hungry
(3) if you have any questions
(4) because he had a cold
(5) if you are sleepy
(6) If you have time
(7) He went home because he wanted to watch TV.〔Because he wanted to watch TV, he went home.〕
(8) Because I like cherry blossoms.

複習測驗

190 頁

1 (1) When   (2) Because (3) if
  (4) because

2 (1) think that math is interesting
  (2) help me if you are free
  (3) knows he is a teacher
  (4) thin when he was young

3 (1) catch the bus if you go now
  (2) can't come to the party because he's busy
  (3) I think〔that〕she will come to the party.
  (4) I think〔that〕he is right.
  (5) I was sleeping when you called me.〔When you called me, I was sleeping.〕
  (6) I know〔that〕you are busy.

75　「有…」

195 頁

(1) There is a cat on the chair.
(2) There are six apples in the box.
(3) There is a picture on the wall.
(4) There is a bookstore near〔by〕my house.
(5) There are a lot of〔many〕shrines in Kyoto.
(6) There is some milk in the cup.
(7) There were a lot of〔many〕people in the park.
  注意▶(5) 也可以說 Kyoto has a lot of〔many〕

shrines. (6) 主詞是不可數名詞的時候，be 動詞用 is。

76 「沒有…」

(1) There isn't a computer in the classroom.
(2) There wasn't a stadium in my city.
(3) There weren't any flowers in the garden.
(4) There weren't any people in the park.
(5) There isn't a hospital near here.
(6) There aren't any books on the desk.

注意▶(4)(6) not any... 也可以用〈no＋名詞〉的形式表達。

77 「有…嗎？」

(1) Is there a blue bag under the table?
(2) Is there a library near your house?
(3) Is there an airport in your city?
　① Yes, there is.　② No, there isn't.
(4) Were there many animals in the zoo?
　① Yes, there were.　② No, there weren't.
(5) Are there any pictures on the wall?
　① Yes, there are.　② No, there aren't.

複習測驗

1 (1) is (2) are (3) Are (4) wasn't
2 (1) No, there isn't.
　(2) Yes, there are.
3 (1) Is there a hospital next to the station?
　(2) There wasn't a Japanese school here before.
4 (1) There weren't any children on the street.〔There were no children on the street.〕
　(2) There was an old building over there.
　(3) Is there a cake in the box?
　(4) There are four rooms in my house.
　(5) There are five people in my family.
　(6) There is a dog over there.

注意▶(4) 也可以把 My house 當成主詞，說成 My house has four rooms.。

78 「成為…」、「看起來…」等等

(1) sounds (2) got (3) looks

(4) Yijun looks happy.
(5) They became famous.
(6) sounds interesting
(7) Jiahao became a soccer player.
(8) That〔The〕building looked new.

79 「給…」、「讓人看…」等等

(1) give you a present
(2) tell me the way
(3) showed us some pictures
(4) tell her the story
(5) gave me a bike
(6) gave Wei a ball
(7) show me your notebook

80 「稱呼 A 為 B」、「使 A 變成 B」

(1) call me Jun
(2) I call her Meg.
(3) Liming's parents call him Ming.
(4) We named the dog Rocky.
(5) Her words made me happy.
(6) The news made him sad.
(7) This movie made her famous.
(8) His smile always makes me happy.

81 各種句型和動詞的整理

(1) give (2) call (3) looked
(4) His letter made me happy.
(5) Ted became a popular writer.
(6) My father told me an interesting story.
(7) Mr. Smith showed us a beautiful card.
(8) You look pale.
(9) This book made him famous.

複習測驗

1 (1) call (2) him (3) Tom cookies
　(4) get (5) sounds
注意▶(5)的意思是「我們去動物園吧。」「好啊（←那聽起來很好）。」
2 (1) tell me his name
　(2) show me your new computer
　(3) you give her a present
　(4) The story made us sad.

(5) He became a famous tennis player.

注意▶我們來檢視一下各句的語意。

(1) 你可以告訴我他的名字嗎？

(2) 請讓我看你的新電腦。

(3) 你有給她禮物嗎？

(4) 那個故事讓我們很悲傷。

(5) 他成為了有名的網球選手。

3 (1) Can〔Will〕you tell me your e-mail address?

(2) Ms. Chen looked very tired.

(3) The news made them happy.

(4) Please tell me the way to the library.

(5) The government gave them a lot of 〔much〕money.

(6) My grandmother told us a lot of〔many〕interesting stories.

82 「比…更～」
――――――――――――――― 215頁

(1) newer   (2) taller   (3) smaller

(4) Ms. Wang is older

(5) than February

(6) Yushan is higher than Hehuanshan.

(7) Jiahao runs faster than Junyan.

(8) This team is stronger than our team.

83 「…之中最～」
――――――――――――――― 217頁

(1) newest   (2) tallest   (3) smallest

(4) Junyan is the strongest

(5) of the four

(6) in Taiwan

(7) She ran the fastest in her class.

(8) Which〔What〕mountain is the highest?
〔Which〔What〕is the highest mountain?〕

(9) This is the oldest building in this town.

84 要注意的比較級變化 ①
――――――――――――――― 219頁

(1) hotter，hottest   (2) easier，easiest

(3) larger，largest   (4) better，best

(5) more，most

(6) My dog is bigger than yours.

(7) Wei is my best friend.

(8) Ms. Lin is the busiest teacher in

(9) Which is larger, China or Canada?

(10) Today is the happiest day of my life.

85 要注意的比較級變化 ②
――――――――――――――― 221頁

(1) more difficult

(2) most popular

(3) most interesting

(4) This picture is more beautiful than that one〔picture〕.

(5) This park is the most famous in our city.

(6) I think（that）Chinese is the most important subject.

(7) Please speak a little more slowly.

(8) His car is more expensive than mine.

86 「和…一樣～」
――――――――――――――― 223頁

(1) as fast as   (2) as tall as   (3) as new as

(4) Tom is as old as

(5) as busy as my mother

(6) My bag is as big as yours.

(7) Yijun can swim as well as Yifang.

(8) This book isn't as interesting as that one〔book〕.

(9) This watch isn't as expensive as yours.

87 比較句型的整理
――――――――――――――― 225頁

(1) bigger than mine

(2) the largest lake in Taiwan

(3) better than this（one）

(4) as well as Yating

(5) the most important problem of all

(6) more popular than volleyball

(7) the most famous writer in his country

複習測驗
――――――――――――――― 226頁

1 (1) smaller   (2) easiest   (3) better

(4) popular   (5) more interesting

(6) hotter   (7) best   (8) bigger

2 (1) This lake is deeper than Sun Moon Lake.

(2) Soccer is the most popular sport in their country.

3 (1) He can't sing as well as Guanting.

(2) My computer is faster than yours.

(3) This movie was the most interesting of the three.

(4) Mr. Chen is as old as my father.

(5) Which country is the largest of the four?〔Which is the largest country of the four?〕

(6) We were busier than usual today.

(7) This is the best room in this hotel.

88 「被動」是什麼？
———— 229 頁

(1) is cleaned　　(2) is used

(3) is made　　　(4) was built

(5) was painted　(6) is played

(7) was found

注意▶(4) 表示年份的 1950，讀法是 nineteen fifty。 (5) 300 的讀法是 three hundred。

89 「過去分詞」是什麼？
———— 231 頁

(1) made　　(2) invited　(3) loved

(4) written　(5) spoken　(6) taken

(7) known　(8) broken

90 被動的否定句、疑問句
———— 233 頁

(1) This game isn't sold

(2) I wasn't invited

(3) He wasn't seen

(4) Is French spoken
　　① Yes, it is.　　② No, it isn't.

(5) Was this room cleaned
　　① Yes, it was.　　② No, it wasn't.

(6) Was this picture taken
　　① Yes, it was.　　② No, it wasn't.

91 被動句型與一般句型整理
———— 235 頁

(1) was built (2) made　　(3) sent

(4) was　　(5) didn't　(6) wasn't

(7) Did　　(8) Did　　(9) Was

注意▶「主詞做～」是一般句型，「主詞被～」是被動句型。(1)「寺廟被建造」是被動句；(2)「媽媽做了」是一般句型；(3)「他寄了」是一般句型；(4)「廚房被清理」是被動句；(5)「我邀請了」是一般句型；(6)「書被閱讀」是被動句；(7)「她畫了」是一般句型；(8)「你寫了」是一般句型；(9)「照片被拍攝」是被動句。

複習測驗

———— 236 頁

1 (1) is played　　(2) was painted

　(3) wasn't　　　(4) Is

　(5) Were

注意▶英文句子的意義如下。

(1) 許多國家踢足球。

(2) 這幅畫是 100 年前（被）畫的。

(3) 這間房間昨天沒有（被）清理。

(4) 你的學校教法語嗎？（taught 是 teach 的過去式、過去分詞）。

(5) 你有受邀到她的生日派對嗎？

2 (1) visited　(2) built　　(3) read

　(4) killed　(5) held

注意▶英文句子的意義如下。

(1) 我們的網站每天有超過 100 人來訪。

(2) 這座城堡是在 14 世紀（被）建造的。

(3) 他的小說被許多年輕人閱讀。

(4) 三個人在那場意外事故中喪生。（kill（殺死）的過去分詞和過去式都是 killed。be killed 用來表示「因為意外事故而死亡」。）

(5) 東京奧運是在 1964 年（被）舉辦的。（hold（握，舉辦）的過去分詞和過去式都是 held。）

3 (1) This computer was made 20〔twenty〕years ago.

　(2) He is loved by everyone.

　(3) English is spoken in many countries.

　(4) This book was written by a famous singer.

　(5) This room isn't used anymore.

《現在完成式中 have 的縮寫》

〈縮寫〉	〈非縮寫〉
haven't	have not
hasn't	has not
I've	I have
you've	you have
we've	we have
they've	they have

92 「現在完成式」是什麼？
———— 239 頁

(1) 大概已經不住在

(2) 現在還住在

(3) 或許已經沒在工作了

(4) 現在還在這裡工作

(5) 或許已經不在車站了

(6) 現在還在車站

(7) 或許已經找到了

(8) 還沒找到

注意▶過去式是用來表達過去的事情，和現在無關。相對的，現在完成式是表示「從過去延續到現在的狀態」。英文句意如下。

(1) 我在日本住了（住過）三年。 (2)（到現在為止）我已經在日本住了三年。 (3) 我在這裡工作了二十年。 (4)（到現在為止）我已經在這裡工作了二十年。 (5) 我 9 點抵達了車站。 (6) 我（現在）剛到車站。 (7) 大衛掉了一台相機。 (8) 大衛掉了一台相機（而且現在還沒找到）。

93　現在完成式的用法 ①
————— 241 頁

(1) I have been sick

(2) My mother has worked here

(3) Ms. Jones has been in Taiwan

(4) I have lived in Kaohsiung

(5) I have studied English

(6) I have wanted a new bike

(7) We have been here

注意▶(1)(3)(7) 是 be 動詞的句子，所以要用 be 動詞的過去分詞 been。另外，請注意 (2)(3) 的主詞是第三人稱單數，所以用的是 has 而不是 have。

答案的英文句子，分別表示以下的意思。

（例）我從昨天開始一直很忙（現在也是）。

(1) 我從上禮拜就一直生病（現在也是）。 (2) 我媽媽在這裡已經工作了十年（現在還在這裡工作）。 (3) 瓊斯小姐從 1995 年開始一直都在台灣（現在也是）。 (4) 我從出生一直住在高雄（現在也是）。 (5) 我持續學英語學了五年（現在還在學）。 (6) 我長時間以來一直想要一台單車（現在還想要）。 (7) 我們從今天早上六點就一直在這裡（現在也是）。

94　現在完成式的否定句、疑問句 ①
————— 243 頁

(1) Have you known her
　① Yes, I have.　② No, I haven't.

(2) Have you been here
　① Yes, I have.　② No, I haven't.

(3) My mother hasn't eaten anything

(4) I haven't met him

(5) How long have you lived

(6) How long have you been

95　現在完成式的用法 ②
————— 245 頁

(1) I have seen this movie

(2) I have been to Spain

(3) Ming has been to Penghu

(4) I have heard this story

(5) I have seen this picture

(6) I have met him

(7) I have heard your name

(8) I have read the novel

96　現在完成式的否定句、疑問句 ②
————— 247 頁

(1) I have never played a video game.

(2) He has never seen snow.

(3) I have never been abroad.

(4) Have you ever been to Tokyo?

(5) Have you ever seen a giraffe?

(6) Have you ever heard of kabuki?

(7) Have we met before?

(8) Have you (ever) read any of her novels?

97　現在完成式的用法 ③
————— 249 頁

(1) I have just finished my homework.

(2) I haven't finished my homework yet.

(3) Have you finished your homework yet?

(4) I have just arrived at the airport.

(5) He has just left here.

(6) He hasn't left here yet.

(7) Has she cleaned her room yet?

(8) She hasn't cleaned her room yet.

(9) She has already cleaned her room.

98　現在完成式的整理
————— 251 頁

(1) I have studied English for three years.

(2) Have you been here for a long time?

(3) Junyan has been to Hawaii twice.

(4) Have you ever seen this picture?

(5) The train has just arrived.

(6) Has he finished his homework yet?

(7) Have you ever played the flute?

(8) I haven't watched this DVD yet.

複習測驗

────── 252頁

1 (1) since (2) since (3) for
  (4) just (5) yet (6) ever
  (7) never (8) once

注意▶(1)(2)(3) 要表示開始的「時期」，例如「自從…」的時候，要用 since；要表示時間的「長度」時，例如「長達十年」的時候，要用 for。
(4)(5) just 在現在完成式的句子裡表示「剛才（做了…）」的意思。not ... yet（否定句）表示「還沒…」，而疑問句裡的 yet 表示「已經」的意思。
(6)(7)(8) ever 用在詢問經驗的疑問句裡，表示「曾經」。never 是表示「從來不曾…」的否定詞。once 表示次數「一次」。

2 (1) He has lived in this city for ten years.
  (2) I've never been to Hawaii.
  (3) Have you ever been to Hokkaido?
  (4) I haven't cleaned my room yet.
  (5) Have you finished your homework yet?
  (6) How long have you been in Japan?

99 「做…這件事～」

────── 255頁

(1) It's easy to make pizza.
(2) It's important to help each other.
(3) It was difficult to understand his message.
(4) It's interesting to learn about other cultures.
(5) It's hard for me to explain in English.
(6) It's easy for her to swim 100〔one hundred〕meters.
(7) It's dangerous to go there alone.
(8) It's important for us to protect the environment.

100 「怎麼做…」

────── 257頁

(1) how to use this machine
(2) how to play chess
(3) how to make〔cook〕this dish
(4) how to get to Junyan's house
(5) how to get to the station

(6) how to get there
(7) how to ride a bike
(8) how to make an omelet

101 「怎麼辦」

────── 259頁

(1) what to do
(2) what to say
(3) where to go
(4) where to buy a ticket
(5) which to buy
(6) where to get off the train

102 「希望某人做…」

────── 261頁

(1) you to read this letter
(2) them to be happy
(3) him to be the leader
(4) you to come with me
(5) want me to help（you）
(6) you to tell me about your country
(7) wanted you to wait
(8) want him to read this book

103 「告訴某人做…」

────── 263頁

(1) told me to clean the kitchen
(2) told us to speak in English
(3) always tells me to read books
(4) tell Ming to come to the library
(5) I asked him to speak more slowly.
(6) I asked her to explain in Chinese.
(7) tell her to call me
(8) He asked me to move my bike.

複習測驗

────── 264頁

1 (1) want you to join our team
  (2) I asked Peiling to help me
  (3) It's time to get up
  (4) told you to come here
  (5) It's hard for me to write
  (6) tell me how to get to
  (7) asked me where to get tickets
  (8) It's not easy to study English

2 (1) tell her to call me back
  (2) I didn't know what to do.

(3) I told Ming to wait here.
(4) It's important to have breakfast.
(5) It's dangerous to swim here.
(6) I don't know how to play this game.

104 「桌上的書」之類的說法
————— 269 頁

(1) on the desk
(2) in Tokyo
(3) about animals
(4) of my family
(5) in this box
(6) with（the）long hair
(7) from a friend in Canada

105 「正在彈鋼琴的女孩」之類的說法
————— 271 頁

(1) running over there
(2) flying over there
(3) reading a magazine
(4) playing tennis with Jiahao
(5) standing by the door
(6) playing in the yard
(7) talking with Mary
(8) sleeping on the car

106 「十年前拍的照片」之類的說法
————— 273 頁

(1) taken in 1950
(2) called Ken
(3) spoken in India
(4) sold there
(5) made in Japan
(6) written in English
(7) painted by my father
(8) invited to the party

注意▶(1) 表示年份的 1950，讀法是 nineteen fifty。

107 「我昨天讀的書」之類的說法
————— 275 頁

(1) he took   (2) I met
(3) I read yesterday   (4) I use every day
(5) you want   (6) I saw there
(7) my uncle gave me
(8) you lost yesterday

注意▶(6) 這裡的 look 是表示「看起來…」的動

詞，like 是表示「像…」的介系詞。look like 就是「看起來像…」的意思。

複習測驗
————— 276 頁

1 (1) walking   (2) loved
   (3) spoken   (4) used
2 (1) The girl with long hair is
   (2) the things on the desk are
   (3) a present from a friend in Australia
   (4) I stayed at a hotel built
3 (1) Who is the boy playing the piano?
   (2) The woman I met there
   (3) The boy running over there
   (4) pictures I took in London
   (5) a letter written in English
   (6) The book I bought last week

108 「關係代名詞」是什麼？ ①
————— 281 頁

(1) who lives in Brazil
(2) who took this picture
(3) who can speak Russian
(4) who is good at cooking
(5) who designs buildings
(6) who can't read Chinese
(7) who played the piano at the concert
(8) who came yesterday

109 「關係代名詞」是什麼？ ②
————— 283 頁

(1) that makes toys
(2) that changed my life
(3) that made him famous
(4) that was on the table
(5) that goes to the station
(6) that sells things
(7) that was popular ten years ago

注意▶每一句的 that 都可以換成 which。

110 「關係代名詞」是什麼？ ③
————— 285 頁

(1) that he took
(2) that I read yesterday
(3) that I use every day
(4) that I saw last week
(5) that I wrote yesterday

(6) that my uncle gave me

(7) that she bought last week

(8) that he lost

注意▶每一句的 that 都可以換成 which。

111 關係代名詞的整理

—— 287 頁

(1) ○

(2) × who〔that〕is very good at tennis

(3) × who〔that〕wrote this letter

(4) ○　　　(5) ○

(6) × that〔which〕made her famous

注意▶(1) 名詞（book）後面緊接著主詞＋動詞（I bought），所以可以不用關係代名詞。

(2) 名詞（friend）後面會直接接動詞（is），所以 friend 後面要有關係代名詞。

(3) 名詞（girl）後面會直接接動詞（wrote），所以 girl 後面要有關係代名詞。

(4) 名詞（woman）後面緊接著主詞＋動詞（I saw），所以可以不用關係代名詞。

(5) 名詞（book）後面有關係代名詞 that（不用 that 也可以）。

(6) 名詞（book）後面會直接接動詞（made），所以要有關係代名詞（that 或 which）。

複習測驗

—— 288 頁

1 (1) How was the movie you saw

(2) the girl you want to meet

(3) a movie that will make you happy

(4) The boy who won the game was

(5) the best movie that I've ever seen

2 (1) a friend who〔that〕can speak three languages

(2) the book that〔which〕made him famous

(3) anyone who〔that〕can speak Japanese

(4) who〔that〕painted this picture

(5) the picture（that〔which〕）I showed you last week

(6) the man（that）I met at the party

112 表達委婉的請求

—— 291 頁

(1) I'd like a hamburger

(2) I'd like a cup of tea.

(3) I'd like some water.

(4) I'd like to go to the bathroom.

(5) I'd like to listen to this CD.

(6) I'd like to see you again.

(7) I'd like to ask you some questions.

(8) I'd like to try on this jacket.

113 詢問對方的需求

—— 293 頁

(1) Would you like some salad?

(2) Would you like to come with us?

(3) Would you like something to drink?

(4) Would you like to leave a message?

(5) What would you like

(6) What would you like to eat?

(7) Where would you like to go?

(8) Which one would you like?

注意▶雖然在疑問句裡通常是用 any 而不是 some，但像 (1) 一樣詢問點餐意願的時候，通常會用 some。(3) 也是一樣，不是用 anything，而是用 something。something to drink 表示「（某個）喝的東西」。(4) 這是電話裡的固定說法，所以請把這整個句子記起來。

114 句子裡面的疑問句

—— 295 頁

(1) what this is

(2) where she is

(3) why he is angry

(4) where Jiahao lives

(5) what color she likes

(6) where she works

(7) when he bought the watch

注意▶疑問詞後面會變成〈主詞＋動詞〉的順序，而且不會使用 do, does, did。(4)(5)(6) 的一般動詞（live, like, work）要加上第三人稱單數現在式的 s。

用對方法，自然就能學好英文！
經研究證實，最有效的**英文學習新概念**

圖解一看就懂的英文學習書
讓你輕鬆掌握原理，用老外的思維學好英文！

圖解英文單字的原理
不用查字典！用老外的思維記住一字多義！
作者／李政燻　定價／399元

1個單字10種解釋，看圖一次全記住！
從此不用查字典！

用「老外的思維」來記單字，最簡單、最輕鬆、最有效率！本書精心設計數百張「影像地圖」，用圖解的方式呈現單字的多種意義，讓你快速掌握基本概念，一口氣記住單字的所有字義！

圖解英文文法的原理
看圖學文法不用背，一張圖就懂！
用老外的思維理解英文！
作者／安正峰　定價／399元

只要看圖，再難的文法也能搞懂！
圖像記憶深印腦海，不再似懂非懂

原來，英文文法可以用這麼輕鬆有效的方式記憶！超過250張幫助讀者快速熟悉文法的圖片解析，一次搞懂文法、句型、介系詞，不用死背！只要看到句子，腦海中立即浮現對應的圖像，「看懂圖畫」就是「熟悉句型」，學文法就這麼簡單！

附 MP3
圖解英文表達的原理
不必先把中文翻英文，免推敲文法，
用老外的思維說流利英文！
作者／Jeffrey Kim　定價／399元（附學習用＋訓練用雙版本MP3）

1句話、1張圖，點破文法盲點，開啟雙語機關！
中、英文表達讓你隨便切換！

英文說不出口，不是因為你不夠用功，而是你還沒掌握表達的原理！本書用幽默的口訣與圖解，讓你不用死背文法規則，從「開口說英文」、「說出整句英文」、「表達不同狀況」到「豐富表達能力」，循序漸進，達到「想說什麼，立即反應」的境界！

國家圖書館出版品預行編目資料

10年文法不白學／山田暢彥 著 --初版.--
新北市：語研學院, 2015. 05
　　面；　　公分

　ISBN 978-986-91197-4-0(平裝附光碟片)

　1.英語　2.語法

805.16　　　　　　　　　　104003370

10年文法不白學
每天5分鐘，找回學過並真正用得上的英文文法

監修	山田暢彥
譯者	劉芳英
出版者	台灣廣廈出版集團
	語研學院出版
發行人／社長	江媛珍
地址	235新北市中和區中山路二段359巷7號2樓
電話	886-2-2225-5777
傳真	886-2-2225-8052
電子信箱	TaiwanMansion@booknews.com.tw
網址	http://www.booknews.com.tw
總編輯	伍峻宏
執行編輯	賴敬宗
美術編輯	許芳莉
排版／製版／印刷／裝訂	東豪／弼聖／紘億／明和
法律顧問	第一國際法律事務所 余淑杏律師
	北辰著作權事務所 蕭雄淋律師
代理印務及圖書總經銷	知遠文化事業有限公司
地址	222新北市深坑區北深路三段155巷25號5樓
訂書電話	886-2-2664-8800
訂書傳真	886-2-2664-8801
港澳地區經銷	和平圖書有限公司
地址	香港柴灣嘉業街12號百樂門大廈17樓
電話	852-2804-6687
傳真	852-2804-6409
出版日期	2019年1月3刷
郵撥帳號	18788328
郵撥戶名	台灣廣廈有聲圖書有限公司

（購書300元以內需外加30元郵資，滿300元（含）以上免郵資）